내가 마녀였을 때

샬롯 퍼킨스 길먼 단편 소설집 | 장지원 엮고 옮김

목차

내가 마녀였을 때

내가 악마와의 일방적인 계약 조건을 이해했더라면, 마녀로 사는 시간이 더 오래 갔을 것이다. 믿어도 좋다. 하지만 내가 어떻게 알았겠는가? 마녀로 변화하는 일은 우연히 일어났고, 이후 변화는 두 번 다시 찾아오지 않았다. 내가 다스릴 수 있는 범위 내에서 똑같은 조건으로 여러 번 시도했는데도.

변화는 10월 어느날 자정에 갑자기 시작됐다. 30일이 었군, 정확히 말하자면. 온종일 푹푹 찌는 날이었는데, 저녁에는 후텁지근하고 천둥이 칠 것 같았다. 바람 한 점

불지 않았고 온 집안은 꼭 필요하지 않은 때 무분별하게 작동하는 라디에이터 때문에 찜통 같았다.

나는 분노로 펄펄 끓고 있었다. 찜통 같은 날씨와 후텁지근한 공기가 아니더라도 열이 받아서 미칠 노릇이라, 조금이라도 열을 식혀보려고 옥상으로 올라갔다. 꼭대기 층 집에 살면 좋은 점이 여럿 있지만 무엇보다 엘리베이터 보이를 거치지 않고도 바람을 쐴 수 있다는 점이 가장 좋다.

뉴욕에서는 상황이 좋을 때도 화가 치미는 일이 차고 넘쳤는데, 이날은 유독 평소 화를 돋우던 일이 전부 한꺼번에 일어날 뿐만 아니라 새롭게 화를 돋우는 일까지 일어났다. 그 전날 밤에 고양이와 개가 내 휴식을 방해한 것은 물론이고, 아침에 본 신문은 평소보다도 더 거짓으로 가득했으며 시내에 갔을 때 내 신문보다 눈에 띄는 이웃의 조간신문은 평소보다도 더 외설적이었다. 달걀이 과거의 유물이 된 탓에 크림은 크림이라고 할 수도 없는 상태였으며 '새' 냅킨은 다 떨어졌다.

여자라면 욕을 해서는 안 됐지만, 전차 운전사가 분명한 내 신호를 무시하고 지나치며 히죽 웃었을 때, 문을 닫으라는 종소리가 울릴 때까지 차분하게 문 뒤에 서 있던 지하철 경비가 내가 막 타려는 순간 코앞에 대고 문을 닫아버렸을 때, 나는 노새 몰이꾼처럼 욕을 퍼붓고 싶었다.

밤에는 더 심했다. 인파 속에서 사람들이 얼마나 등을 쳐대는지! 카우보이는 사람들을 빽빽하게 밀어 넣거나 끄집어냈고, 남자들은 법이야 어떻든 간에 담배를 피우고 침을 뱉었으며, 여자들은 끝이 톱날처럼 뾰족한 카트휠 모자를 쓰거나 사람을 후려치는 깃털과 치명적으로 날카로운 핀으로 승객들에게 참으로 편안함을 더했다.

앞서 말했듯이 나는 유독 심기가 안 좋아서 열을 식히려고 옥상에 올라갔다. 머리 위로 짙은 먹구름이 낮게 떠 있었고, 여기저기서 번개가 위협적으로 번쩍거렸다. 굴뚝 뒤에서 살금살금 움직이던 굶주린 검은 고양이가 애절하게 야옹야옹 울었다.

불쌍한 것! 화상을 입은 고양이였다.

거리가 뉴욕치고는 조용했다. 나는 몸을 기울여 거리에 나란히 늘어서서 반짝이는 조명을 위아래로 훑어보았다. 마차 한 대가 느릿느릿 근처로 다가왔다. 말은 너무 지친 나머지 고개도 제대로 못 들었다. 그러자 마부가 길쭉한 채찍을 꺼내더니 풍부한 경험이 담긴 노련한 솜씨로 가엾은 짐승의 복부를 매섭게 내리쳤다. 지켜보는 내 몸까지 떨릴 정도였다. 말도 몸을 떨었다. 가엾은 녀석은 마구를 절그럭거리며 빠르게 걸으려고 애썼다.

나는 난간 너머로 몸을 구부려 지독한 악의로 가득찬 남자를 바라보았다. "내 소원은" 나는 천천히, 온 마음을 다해, 빌었다. "불필요하게 말을 때리거나 아프게 하는 사람이라면 누구나 말이 아니라 그 사람이 고통을 느끼는 거야!" 입 밖으로 말을 꺼내서 후련하긴 했지만 어떤 결과를 기대한 것은 아니었다. 나는 그 남자가 또다시 채찍을 힘차게 휘둘러 내리치는 것을 보았다. 그 남자가 손을 들어 올리는 모습을 봤고 비명을 지르는 소리도 들었지만, 그때조차도 그가 왜 그러는지 짐작하지 못했다.

호리호리하고 까만 고양이가 머뭇거리면서도 신뢰하는 몸짓으로 내 치마에 몸을 비비더니 야옹 울었다. '불쌍한 야옹이… 가엾어서 어쩌나. 너도 참 딱하구나.' 나는 이 대도시에서 고약하고 힘들게 사는 수천 마리의 굶주리고 쫓기는 고양이를 동정하며 생각했다.

이후 잠을 자려고 할 때, 고통받는 그 짐승들의 요란한 비명이 정적을 가로지르고 울려 퍼지자 내 동정심은 차갑게 식었다. "멍청이나 고양이를 도시에 놔두려고 하지." 나는 화나서 중얼거렸다.

또 비명이 들렸다가 잠깐의 정적이 지나고, 귀를 고문하는 울음이 끊임없이 이어졌다. "내 소원은" 나는 불쑥 내뱉었다. "이 도시의 모든 고양이가 편안하게 죽어버리는 거야!"

갑작스러운 정적이 내려앉았고, 시간이 흐르는 동안 나는 잠이 들었다.

다음 날 아침은 기분이 꽤 괜찮았다. 달걀을 먹기 전까지만. 그것도 비싼 달걀이었다.

"내가 어떻게 할 수가 없어!" 집안일을 도맡아 하는 언니가 말했다. "언니가 어떻게 할 수 없는 일이란 거 알아." 난 인정했다. "하지만 어떻게 할 수 있는 사람이 있을 거 아냐. 이기적인 장사꾼들이 자기가 내놓은 오래된 달걀을 꼭 먹는 게 내 소원이다. 좋은 달걀을 팔기 전까지 그 인간들도 좋은 달걀을 한 알도 먹지 못하는 게 소원이라고!"

"그 사람들은 그냥 달걀을 안 먹고 말겠지." 언니가 말했다. "대신 고기를 먹을 거야."

"그러면 고기를 먹으라고해!" 나는 되는 대로 말했다. "고기도 달걀 못지않게 상태가 나쁠 거야! 우리가 깨끗하고 신선한 닭고기를 못 먹은 지 너무 오래돼서 난 그게 무슨 맛인지 기억도 안 난다고!"

"그 사람들한테는 냉장고가 있잖아." 언니가 말했다. 언니는 온화한 사람이었지만 나는 아니었다. "그래, 냉장고!" 나는 톡 쏘아붙였다. "냉장고는 원래 공급 부족을 극복하고, 물량을 맞추고, 가격을 내려주는 축복이어야 하지. 그런데 무슨 역할을 하는지 봐. 시장을 궁지에 몰고, 1년 내내 물가를 올리고, 음식의 질을 죄다 떨어뜨리기만 해!"

분노가 치솟았다. "책임있는 인간들에게 복수할 방법이 있다면 좋을 텐데!" 나는 외쳤다. "법은 그 인간들을 건드리지 않으니 저주라도 어떻게든 받아야 해. 내가 저주를 내릴 수 있다면 좋을 텐데! 내 소원은 이 악랄한 사업으로 이익을 내는 인간들이 뭘 먹을 때마다 자기들의 질 떨어지는 고기, 오래된 생선, 상한 우유 맛을 느끼는 거야. 그래, 우리처럼 그 대가를 느껴보라지!"

"그 사람들은 못 느껴. 부자잖아." 언니가 말했다.

"나도 알아." 나는 부루퉁하게 인정했다. "그 인간들에게 복수할 방법이라고는 하나도 없지. 하지만 있으면 좋겠어. 내 소원은 그 인간들이 행실을 고치기 전까지 사람들이 자기들을 얼마나 증오하는지 알고, 뼈저리게 후회하는 거야."

나는 사무실로 출근하다가 웃기는 광경을 보았다. 쓰레기 마차를 모는 남자가 말의 재갈을 잡아서 난폭하게 당기고 비틀었다. 나는 그 남자가 손으로 자기 턱을 붙잡고 신음하는 동안 말이 달관한 듯이 그 남자의 입 주위를 핥아주고 쳐다보는 모습을 넋을 잃고 쳐다봤다.

남자는 말의 표정이 마음에 안 들었는지 말의 머리를 때렸다가, 화들짝 놀라 자기 머리를 문지르고 욕을 퍼부으며 누가 자신을 때렸나 주위를 둘러봤다. 말이 한 발짝 나아가서 양배추 잎이 수북한 쓰레기통에 허기진 코를 대자, 남자는 주인 의식을 회복하고는 말에게 욕설을 퍼부으며 옆구리를 걷어찼다. 남자는 이번에는 창백하게 질려서 힘이 빠져 주저앉는 수밖에 없었다. 나는 더욱더

놀랍고 즐거운 마음으로 그 모습을 지켜보았다.

시장 마차 한 대가 덜컹거리며 도로에 나타났다. 굳은 얼굴을 한 젊은 망나니가 기운차게 아침 일과를 하러 온 것이다. 그는 고삐 끝을 모아 잡고 철썩 소리가 울려 퍼지도록 말의 등을 내리쳤다. 말은 고삐로 내리친 줄도 몰랐지만 그 망나니는 잘 알았다. 꽥 비명을 질렀다!

나는 여러 마부가 흙을 운반하고 바위를 부수며 작업하는 곳에 도달했다. 평소에는 채찍 소리와 잔인한 구타 광경에 서둘러서 지나던 곳에 기묘한 정적과 평화가 감돌았다. 남자들이 모여서 잠시 얘기를 나누고 있었다. 의견을 주고받는 것 같았다. 너무 좋아서 현실이라고 믿어지지 않았다. 나는 전차를 기다리며 그 광경을 보고 감탄했다.

전차가 활기차게 달려왔다. 승객으로 가득 찬 만차는 아니었다. 멀지 않은 앞에는 내가 말들을 보느라 놓친 전차가 가고 있었으나 뒤에는 가까이 오는 전차가 없었다.

그런데도 전차를 모는 저 낯짝 두꺼운 인간은 멈추지도 않고 제멋대로 쌩 가버렸다. 내가 선로에 서다시피 해서 우산을 흔들어댔는데도.

얼굴이 분노로 홧홧하게 달아올랐다. "싸가지 없게 군 만큼 뺨이라도 좀 맞았으면 좋겠다." 나는 전차를 눈으로 뒤쫓으며 사납게 내뱉었다. "내 소원은 당신이 전차를 멈춘 다음, 여기로 돌아와서 문을 열고 사과하는 거야. 그딴 수작질을 부리는 놈은 죄다 그런 짓을 할 때마다 꼭 돌아와서 사과해야 하는 게 내 소원이야."

정말 놀랍게도 전차가 멈췄다가 후진하더니 앞문이 내 앞에 오도록 세웠다. 전차 운전사가 문을 열고는 뺨에 손을 대고 "죄송합니다, 선생님!"이라고 말했다.

나는 어안이 벙벙하고 당황한 채 전차에 올랐다. 정말일까? 정말 내가 소원을 비는 대로 이루어진 걸까? 그렇게 생각하니 정신이 번쩍 들었으나, 나는 이내 비웃으며 그 생각을 떨쳐버렸다. "내가 운이 그렇게 좋을 리가 없지!"

내 맞은편에는 페티코트를 입은 사람이 앉아 있었다. 그 여자는 딱 내가 싫어하는 부류였다. 뼈와 근육으로 이루어진 진정한 신체라고는 없이 소시지 다발의 윤곽만 존재하는 사람이었다. 거만한 태도에 차림새도 천박했다. 무거운 가발을 쓰고 머리를 잔뜩 땋은 데다가 분과 향수로 떡칠을 했으며, 꽃과 보석을 휘감았고 거기에 개까지 데리고 있었다.

인위적으로 꾸민, 가엾고 고통받는 작은 개였다. 살아는 있으나 조물주가 만든 진정한 생명체가 아닌 인간의 오만으로만 빚어진 생물체였다. 옷만 입은 게 아니라 목걸이까지 찼다! 몸에 꽉 끼는 맞춤 외투에 달린 주머니에는 손수건까지 꽂혀 있었다! 개는 아프고 불행해 보였다.

나는 그 개의 불쌍한 처지와 다른 가엾은 속박된 포로들에 관해 곰곰이 생각했다. 그 짐승들은 강제로 비정상적인 금욕 생활을 하며 햇빛을 보지도, 신선한 공기를 마시지도, 사지를 자유롭게 쓰지도 못하고, 내키지 않아 하는 하인들의 손에 일정 기간마다 이끌려 나가서 우리의 길을 더럽혔다. 밥은 너무 많이 먹었고 운동은 너무 적게 했으며 불안에 떨면서 비위생적으로 살았다.

"그러는 주제에 우리는 개들을 사랑한다고 하지." 나는 씁쓸하게 혼잣말을 했다. "개들이 울부짖고 미쳐버리는 게 놀랍지도 않아. 우리 못지않게 많은 질병에 시달리는 것도 놀라울 일 없지. 내 소원은…" 그때 떠올렸던 생각이 퍼뜩 다시 들었다. "내 소원은 도시에서 행복하지 않은 모든 개가 당장 죽는 거야!"

　나는 전차 맞은편에 앉은, 눈이 슬퍼 보이는 허약한 개를 쳐다보았다. 작고 불쌍한 개는 고개를 떨구더니 숨을 거뒀다. 여자는 내릴 때가 돼서야 개가 죽었다는 걸 눈치채고 요란법석을 떨었다.

　석간신문은 개와 고양이에게 갑작스러운 역병이 도는 것 같다는 내용으로 가득했다. 큰 글씨로 쓰인 붉은색 머리기사에 시선이 꽂혔다. 지면에는 자기들의 '애완동물'을 잃은 사람들의 항의와 보건국의 갑작스럽게 늘어난 업무, 의사들의 인터뷰가 있었다.

　나는 종일 평소 하던 대로 업무를 보았지만 머릿속에서는 새로 생긴 이 힘에서 비롯한 기이한 감각이 이성, 상식과 사투를 벌였다. '소원'을 은밀하게 몇 번 시험해보기도 했다. 쓰레기통이 쓰러지면 좋겠다든지, 잉크병이 저절로 채워지면 좋겠다든지를 소원으로 빌었으나 이뤄지지 않았다.

　그냥 어리석은 생각으로 치부하고 넘겼다가, 신문을 보고, 사람들이 더 심한 이야기를 하는 것을 듣고서 다시 내 힘에 대해 떠올렸다.

나는 아무에게도 말하지 말아야 겠다고 곧바로 결심했다. '말한다고 해도 아무도 안 믿을 거야.' 나는 생각했다. '나도 믿을 기회를 안 줄 거고. 어쨌거나 고양이와 개, 말에게는 소원이 통했군.'

그날 오후, 나는 말들이 일하는 것을 지켜보며 말들이 겪는 잘 알려지지 않은 온갖 고통을 생각했다. 빽빽한 도시 마구간의 나쁜 공기와 불충분한 먹이, 습하고 차가운 날씨의 아스팔트 도로 때문에 받는 피로처럼. 나는 말들에게 소원을 다시 시도해보기로 했다.

"내 소원은" 나는 천천히 신중하게, 하지만 확고하고 강한 의도를 담아 말했다. "모든 말 소유자, 관리자, 고용자, 운전자나 기수가 본인 때문에 말이 고통받으면 그 감각을 본인도 느끼는 거야. 상황이 해결될 때까지 강렬하고 꾸준하게 느꼈으면 좋겠어."

나는 한동안 이 시도가 효과가 있었는지 확인할 수 없었으나, 너무나 전반적으로 영향이 미쳐서 곧 이에 대한 소문이 널리 퍼졌다. 이 '새로운 자비심의 물결'이 휘몰아친 덕에 우리 도시에 있는 말의 처우가 개선됐고 말의 개체 수도 감소했다. 사람들은 자동차를 선호하기 시작했다. 좋은 현상이었다.

이제 나는 내 생각을 확신할 수 있었는데, 그 확신을 나만 알고 남에게는 숨겼다. 또한 미묘한 힘을 의식하고 쾌감을 느끼며 마음속에 품은 원한을 목록으로 만들기 시작했다. "조심해야 해." 나는 혼자 중얼거렸다. "아주 조심해야 해. 그리고 무엇보다도 죄에 딱 맞는 벌을 줘야 해."

그다음 처벌할 대상으로는 지하철 인파가 생각났다. 어쩔 수 없어서 모인 사람과 그렇게 모이도록 한 사람까지 전부 포함이었다. "아무나 처벌하면 안 돼. 어쩔 수 없는 경우는 제외해야지." 나는 골똘히 생각했다. "하지만 정말 비열한 경우는 벌을 받아야 해." 그리고 나와는 거리가 먼 주주들, 좀 더 거리가 가까운 임원들, 고통스러울 정도로 눈에 띄는 관리들과 무례한 직원들을 생각해 내고는 작업에 착수했다.

"이 힘이 지속하는 동안 잘 이용해야겠어." 나는 혼자 중얼거렸다. "책임이 막중하기는 해도 엄청 재미있네." 그리고 소원으로 지하철 상태에 책임이 있는 모든 자가 기이하게도 계속해서 혼잡한 시간에 지하철을 타고 오가기를 빌었다.

　나는 이번 실험을 깊은 관심을 가지고 지켜보았으나 별반 차이가 없었다. 인파 속에서 잘 차려입은 사람이 몇 몇 더 보이기는 했지만 그게 다였다. 그래서 나는 일반 대중 대다수에게 잘못이 있었으며, 사람들이 알지도 못한 채 날마다 자신의 처벌을 감내했다는 것으로 결론을 내렸다.

　무례한 경비들과, 기차가 와서 한 발로 동동거릴 때 굼벵이가 기어가는 속도로 거스름돈을 덜 주는 간교한 매표원들에 관해서는, 소원으로 진짜로 다치는 것만 빼고 피해자들이 그들에게 주고 싶어 하는 고통을 그대로 느꼈으면 좋겠다고만 빌었다. 이루어진 것 같았다. 그다음에는 기업과 관리의 행태에 관해서도 비슷한 소원을 빌었다. 효과가 있었다. 놀라울 정도로 효과가 있었다. 전국에서 갑자기 양심이 부활했다. 죽었던 양심이 무덤에서 벌떡 일어나 앉았다. 자기들 문제로도 버겁던 임원들은 갑자기 세심해진 주주들의 무수한 연락에도 시달렸다.

　제분소와 조폐국, 철도 회사도 상황이 개선되었다. 전

국이 떠들썩해졌다. 신문은 두꺼워졌다. 교회들은 앉아서 공을 가로챘고, 나는 그 작태에 크게 분노했다. 그리고 잠시 생각한 끝에, 소원으로 모든 성직자가 신도들에게 자신이 정확히 무엇을 믿고 신도들을 어떻게 생각하는지를 설교했으면 좋겠다고 빌었다.

나는 2주 동안 일요일마다 예배가 있는 교회 여섯 군데에 각각 10분씩 참석했다. 대단히 즐거웠다. 천여 개의 설교단이 비워졌다 채워졌다 다시 비워지기를 매주 반복했다. 사람들은 교회에 가기 시작했다. 대체로 남자였고 여자들은 좋아하지 않았다. 여자들은 성직자들이 지금보다 예전에 훨씬 더 자신들을 존중했다고 늘 생각했다.

침대차 사람들은 내 오랜 원한이었다. 나는 이제 그 사람들을 처벌 대상으로 고려했다. 내가 다른 수많은 사람과 더불어 얼마나 자주, 하는 수 없이 굴복하고, 웃으며 참았던가.

기차는 교통수단이니 이용해야 한다. 교통편에는 상당한 액수의 돈이 들어간다.

그리고 낮에 침대차에 타길 원하면 표를 살 때 이미 자릿값을 냈는데도 그 자리에 앉는 특권으로 2달러 50센트를 더 내야 한다. 그 자리는 나중에 다른 사람에게 또 팔린다. 두 번 팔린 것이다! 24시간 동안 밤에는 길이 6피트, 높이 3피트, 넓이 3피트짜리 공간을, 낮에는 자리 하나를 쓰는 데 5달러였다. 이렇게 24시간 특권을 누리려면 차 한 칸을 빌리는 데 하루에 120달러가 들었다. 승객들은 그 외에도 승무원에게 돈을 내야 해야 했다. 그러면 1년에 침대차가 벌어들이는 돈이 44,800달러였다.

침대차를 만드는 데는 돈이 많이 든다고 한다. 돈이 많이 들기로는 여관도 마찬가지지만, 여관은 그 정도 가격을 부르지는 않는다. 자, 이제 원한을 풀려면 뭘 할 수 있을까? 수백만 명의 주머니에 돈을 꽂아줄 방법은 없지만, 이 훌륭한 절차를 막는 방법은 있을지 모른다.

그래서 나는 소원으로 이런 일로 이득을 얻는 모든 사람이 뼈저리게 부끄러움을 느껴서 대중에게 고백하고 사과한 다음, 일부라도 배상하는 의미로 재산을 무료 철도를 설치하는 데 제공하기를 바란다고 빌었다.

나는 그다음에 소원을 쓸 대상으로 앵무새를 떠올렸다. 마침 분노가 다시 타올랐기 때문에 잘된 일이었다.

내 힘의 책임감을 이해하고 형벌을 조절하려고 노력하는 중이어서 열을 식히는 데 도움이 됐다. 하지만 앵무새들! 앵무새를 키우고 싶은 사람은 자기가 좋아하는 그 수다쟁이를 데리고 혼자 섬에 가서 살라고 해야 한다!

도로 맞은편에 꽥꽥 우는 커다란 앵무새가 살았는데, 무분별하고 귀에 거슬리는 울음소리를 그보다 더 필요악인 다른 소음에 더하는 녀석이었다.

내게는 앵무새를 키우는 숙모도 있었다. 외동딸이라서 재산을 상속받은, 부유하고 호사스러운 분이었다.

조섭 숙부는 소리나 꽥꽥 질러대는 그 앵무새를 싫어했으나 마틸다 숙모는 아랑곳하지 않았다.

나는 마틸다 숙모를 좋아하지 않았고, 내가 숙모의 돈을 노리고 굽신거린다고 생각할까 봐 숙모를 보러 가지도 않았다. 하지만 이번에 소원을 빌고 나서는 내 저주의 효력이 나타날 때쯤에 맞춰 찾아갔다. 저주는 대단히 효과가 있었다. 가엾은 조섭 숙부가 앉아 있었는데 전보다 훨씬 마르고 온순해 보였고, 숙모는 지나치게 익은 자두처럼 득의양양해 보였다.

"내보내 줘!" 앵무새가 갑자기 말했다. "산책하게 내보내 줘!"

"영리한 것!" 마틸다 숙모가 말했다. "전에는 한 적 없던 말이야."

숙모는 앵무새를 꺼내주었다. 그러자 앵무새가 퍼덕거리며 샹들리에로 날아가더니 유리 사이에 안착했다.

"당신은 늙어빠진 돼지야, 마틸다!" 앵무새가 말했다.

물론 숙모는 벌떡 일어섰다.

"돼지로 태어나 돼지로 교육받았지. 타고나기도, 길러지기도 돼지야!" 앵무새가 말했다. "당신 돈 아니면 당신을 견딜 사람은 없어. 오래오래 고통받은 당신 남편이나 돼야 모를까. 그나마도 극도의 인내심이 있었으니까 견딘 거야!"

"입 다물어!" 마틸다 숙모가 외쳤다. "거기서 썩 내려와, 이리 오지 못해?"

앵무새가 고개를 갸웃거리며 유리를 짤랑거렸다. "앉아, 마틸다!" 앵무새가 명랑하게 말했다. "잘 들어. 당신은 뚱뚱하고 매력 없고 이기적인 데다가 주위 사람 모두에게 골칫거리야. 전보다 나를 훨씬 더 잘 먹이고 돌봐줘야 해. 그리고 내가 말하면 잘 듣도록 해, 이 돼지야!"

나는 다음 날 앵무새를 키우는 다른 사람을 찾아갔다.
그 여자는 내가 들어가자 앵무새 우리 위에 천을 씌웠다.

"이거 치워!" 앵무새가 말하자 여자가 천을 벗겼다.

"다른 방으로 갈래요?" 여자가 긴장하며 내게 물었다.

"여기 있어!" 여자의 애완동물이 말했다. "가만히 앉아
있으라고!"

여자는 가만히 앉았다.

"당신 머리는 거의 다 가짜야." 예쁜 앵무새가 말했다.
"당신 치아도 가짜고 겉모습도 가짜지. 당신은 너무 많
이 먹어. 당신은 게을러. 운동 좀 해. 아는 것도 별로 없잖
아. 이 숙녀분께 험담해서 죄송하다고 사과해. 내 말 들
어."

그날부터 앵무새 거래가 감소했다. 앵무새 수요가 없
다고들 하지만 앵무새를 키우던 사람들은 그래도 계속
키웠다. 앵무새는 수명이 아주 길다.

따분한 인간들도 내가 불멸의 원한을 품은 범죄자 계
층이었다. 이제 나는 손을 비비며 단순한 소원으로 그 사
람들을 처벌하는 데 착수했다. 따분한 인간 때문에 지루
해진 사람이라면 모두 자신을 지루하게 만든 원인 제공

자에게 솔직하게 진실을 말했으면 좋겠다고 빈 것이다.

특히 내가 염두에 둔 남자가 하나 있다. 인기 있는 회원제 모임에서 출입이 제재됐으면서도 계속 오는 남자였다. 회원도 아니면서 아랑곳하지 않고 드나드는데, 다들 그 사람을 가만히 내버려 두었다.

소원을 빈 후에는 아주 재미있어졌다. 소원을 빈 바로 그날 밤 그 남자가 모임에 나타났고, 그 자리에 있던 거의 모든 사람이 그 남자에게 왜 여기에 와있냐고 물었다. "회원도 아니잖아요?" 사람들이 말했다. "왜 불쑥 끼어드세요? 당신을 좋아하는 사람은 아무도 없어요."

몇 명은 좀 더 너그럽게 대했다. "남을 더 사려 깊게 대하는 법을 배우고 진정한 친구를 사귀는 게 어떤가요? 당신이 오는 걸 실제로 좋아하는 친구가 몇이라도 있는 게 대중의 골칫거리로 사는 것보다는 낫지 않겠어요?"

결국 그 남자는 그 모임에서 사라졌다.

나는 무척 우쭐해졌다.

식품 업계는 벌써 뚜렷하게 발전했고, 교통 업계도 마찬가지였다. 개혁이 초래한 소동은 부당하게 이익을 얻던 자들이 미지의 고통을 겪으며 날마다 더 커졌다.

신문은 이 모든 소동 덕에 번창했다. 나는 신문에서 내 애완동물 혐오를 두고 떠들썩하게 경고하는 것을 보다가 기발한 생각을 번뜩 떠올렸다.

다음 날 아침 일찍 나는 시내에 가서 사람들이 신문을 펼치는 모습을 보았다. 내 혐오 행위는 부끄러울 정도로 유명해졌고, 그 유명세는 오늘 아침 정점을 찍었다. 신문 맨 위에는 금색 글씨로 다음과 같이 적혀 있었다.

광고, 사설, 뉴스 및 다른 칼럼에 실린 의도적인 거짓말⋯다홍색

악의적인 내용⋯진홍색

부주의하거나 무식한 실수⋯분홍색

소유자의 직접적인 사리 추구⋯암녹색

신문을 팔려는 시시한 미끼⋯연두색

기본적이든 부차적이든 모든 광고⋯갈색

선정적이고 음란한 내용⋯노란색

돈 받고 쓴 위선적인 내용⋯보라색

재밌는 내용과 오락물⋯파란색

진실하고 중요한 뉴스와 정직한 사설들⋯일반적인 검은색

이렇게 누비이불처럼 알록달록한 신문은 처음이었다. 신문은 며칠 동안 불티나게 팔렸지만, 실제 사업은 얼마 지나지 않아 급락했다. 업계에서 할 수만 있다면 신문이 알록달록해지는 것을 전부 막았겠지만 신문은 인쇄기에서 나올 때만 해도 괜찮아 보였다. 색깔 배합은 진정한 독자에게만 드러났다.

나는 다른 신문들이 몹시 즐거워하도록 이대로 일주일을 놔뒀다가, 단번에 소원을 모든 신문으로 전환했다. 신문 읽기가 아주 흥미로운 일이 된 것은 잠시뿐, 판매량이 떨어졌다. 신문 편집자들조차 그런 식으로는 시장에 계속 신문을 공급할 수 없었다. 파란색과 일반적인 검은색으로 인쇄된 내용이 열마다 쪽마다 늘어났다. 작지만 참신한 어떤 신문들은 내용이 점차 파란색과 검은색으로만 나타나게 됐다.

신문 사태로 한동안은 너무 재밌고 행복해서 다른 일에 화내는 것을 잊었다. 신문이 진실을 인쇄하는 일에 잇따라서 모든 업계에 변화의 바람이 불었다. 우리가 특정한 망상 속에서 살며 사실을 제대로 알지 못했다는 것이 드러나기 시작했다. 물론 우리는 사실을 제대로 알게 되자마자 아주 다르게 행동했다.

　내 모든 즐거움에 종지부를 찍은 것은 여자였다. 내가 여자이다 보니 자연스럽게 여자에 관심이 갔고, 여자의 어떤 점에 관해서는 남자보다 분명하게 볼 수 있었다. 나는 여자의 진정한 힘, 진정한 가치, 이 세상에서 그들이 가지는 진정한 책임을 보았다. 여자들이 입고 행동하는 방식 때문에 미칠 것 같을 때도 있었다. 마치 대천사가 허수아비 놀음을 한다거나, 살아있는 말이 흔들목마로만 쓰이는 광경을 보는 기분이었다. 그래서 나는 여자들을 꾸짖기로 마음먹었다.

　어떻게 시작하면 좋을까, 뭘 먼저 공격해야 할까! 여자들의 못생기고 무의미하고 별난 모자가 제일 먼저 생각났다. 여자들의 바보 같고 비싸기만 한 옷, 거추장스러운 목걸이와 보석, 탐욕스럽고 철없는 성격도 생각났다. 그런 여자들은 주로 부유한 남자들이 부양했다.

　그리고 나는 다른 여자들을 생각했다. 압도적인 다수를 차지하는 진정한 여자들, 하인의 급여조차 받지 않으면서 인내심 있게 하인의 일을 하고, 집안일을 하느라 어머니라는 고귀한 의무에 소홀해진 그 여자들을 생각했다. 지구상에서 가장 위대한 힘이 눈이 가려지고, 손발이 묶이고, 교육받지 못한 채 쳇바퀴에 갇혀 있었다. 나는 그 여자들이 할 수 있었던 일과 그들이 한 일을 비교해서 생각했다. 그러자 마음이 분노와는 거리가 먼 어떤 감정으로 부풀었다.

그리고 온 힘을 다해 소원을 빌었다. 모든 여자가 마침내 여성성을, 여성성의 힘과 자부심, 삶에서의 위치를 깨닫기를 빌었다. 세상의 어머니로서 살아있는 모든 것을 사랑하고 아끼는 의무를 알게 되기를 빌었고, 인류를 위해 최고만을 선택하여 더 나은 아이들을 낳고 길러야 할 의무가 있음을 알게 되기를 빌었으며, 인류의 일원으로서 자신의 의무를 인식하고 충만한 삶과 일, 행복으로 뛰어들기를 빌었다.

나는 멈췄다. 숨은 헐떡거렸고 눈은 초롱초롱 빛났다. 몸을 떨면서 소원이 이루어지기를 기다렸다.

아무런 일도 일어나지 않았다.

그렇다. 내가 얻은 마법은 흑마법이었는데 나는 선의가 담긴 소원을 빈 것이다.

전혀 효과가 없었다. 심지어는 잘 이루어졌던 다른 소

원들의 효력도 멈추고야 말았다.

아, 내가 그 멋진 처벌들이 영원하기를 소원으로 빌 생각을 했더라면! 가능할 때 더 많은 일을 했더라면, 내가 마녀였을 때 내 특권의 진가를 반이라도 알아봤더라면!

몰리의 의식

몰리는 '전형적인' 여자였다. 숭배의 마음으로 '진정한 여자'라 부를 만한 훌륭한 표본이었다. 체격이 크면 진정한 여자라 할 수 없으니 작았고, 외모가 밋밋하면 진정한 여자라 할 수 없으니 예뻤다. 엉뚱하고 변덕스럽고 매력적이고 변화무쌍한 성격이었으며, 예쁜 옷에 마음을 쏟았고 '잘 입는다'는 난해한 말처럼 예쁜 옷을 늘 잘 입었다(이 표현은 옷을 가리키는 게 아니다. 예쁜 옷은 내구성이 떨어져 오래오래 잘 입을 수가 없다. 그보다는 옷을 입고 움직일 때 나타나는 특별한 우아함을 가리키는데, 인정받는 경우는 거의 없는 것으로 보인다).

몰리는 '사회 능력'이 있고 '사회'를 사랑하는 사랑스러운 아내이자 헌신적인 엄마이기도 했다. 여자 대부분이 그렇듯 자신의 가정을 아끼고 자랑스러워했으며 훌륭하게 관리했다.

세상에 진정한 여자가 존재한다면 그 사람은 바로 몰리 매슈슨이었지만, 정작 몰리 자신은 남자가 되기를 열과 성을 다해 바랐다.

그리고 갑자기 그렇게 되었다!

몰리는 제럴드가 되었다. 가슴과 어깨를 아주 활짝 펴고 평소처럼 아침 기차를 놓칠까 서둘러 길을 걷는, 심기가 불편한….

남자가 됐다! 그 전과의 차이점을 인식할 정도로 무의식적인 기억만 남은 남자가 됐다.

처음에는 몸의 크기와 무게, 두께가 어색했다. 손발은 이상하게 커 보였고, 길고 곧은 다리는 걸을 때마다 앞으로 쭉쭉 뻗어서 죽마를 타는 느낌이었다.

이상한 기분은 곧 사라지고 대신 알맞은 크기로 산다는 새롭고 즐거운 기분이 종일 쑥쑥 자라며 몰리를 따라다녔다.

이젠 모든 것이 꼭 맞았다. 등은 의자 등받이에 딱 맞았으며, 발은 바닥에 편안하게 닿았다. 여자의 발이 아닌 남자의 발이었다! 몰리는 발을 지그시 살펴보았다. 발이 이렇게 편안하고 자유로운 감각은 학창 시절 이후로 처음이었다. 발은 걸을 때 힘차고 단단하게 땅을 디뎠다. 그가 알 수 없는 충동이 일어 기차를 뒤쫓아서 훌쩍 잡아탈 때도 빠르고 경쾌하며 안정적으로 움직였다.

또 다른 충동이 들었다. 무의식적으로 주머니에서 바로 잔돈을 꺼내어 승무원에게 5센트를, 신문을 파는 남자아이에게 1센트를 건넸다.

이 주머니는 뜻밖의 것이었다. 물론 주머니가 있다는 사실쯤은 몰리도 알고 있었다. 그걸 가지고 수를 세고, 놀고, 수선하고, 심지어는 부러워하기도 했지만 주머니가 몸에 달려 있다는 것이 어떤 느낌일지는 꿈에도 상상해본 적이 없었다.

펼쳐든 신문 뒤로 몰리는 이상하게 뒤섞인 자신의 의식이 주머니에서 주머니로 방황하게 두었다. 그러다 무엇이든 곁에 두고 급할 때 언제든지 바로 꺼내서 쓸 수 있다는 사실을 깨닫고, 무장한 듯한 든든함을 느꼈다. 가득 찬 담뱃갑은 마음을 편안하고 따뜻하게 해주었고 단단히 달려 있는 펜은 몰리가 거꾸로 서지 않는 한 안전할 것이다. 열쇠, 연필, 편지, 서류, 공책, 수표책, 고지서 서류철을 모두 지니고 있으니 힘과 자부심이 휘몰아쳤고, 평생을 살면서 한 번도 느껴보지 못했던 감정이 밀려왔다. 바로 애걸복걸하거나 조르거나 구슬려서 얻어내지 않았으며 쓸 것인지 가지고 있을 것인지 자신이 결정할 수 있는 돈을, 내 손으로 번 내 돈을 소유한다는 감각이었다.

제럴드가 기차 흡연 차량에 앉을 때 몰리는 새로이 놀랐다. 제럴드의 주위에 있는 사람과 통근자 전부 남자였고, 그중 대다수가 제럴드의 친구였다.

몰리는 '메리 웨이드의 남편'이나 '벨 그랜트와 약혼한 남자', '부자 숍워스', '사람 좋은 빌'이라고 알았을 남자들이었다. 그 남자들은 몰리에게 모자를 들어 보이고 허리를 숙여 인사한 다음 가까이 있다면 몰리와 예의 차린 대화를 나눴을 것이다. 특히 빌이 그랬으리라.

눈이 번쩍 뜨이는 것 같았다. 이 남자들의 있는 그대로의 모습을 알게 된 기분이었다. 얼마 안 되는 지식인데 그것만으로도 놀라웠다. 소년 시절부터 지금까지 자라온 배경에 관한 이야기, 이발소와 클럽의 풍문, 아침저녁으로 기차에서 주고받는 대화는 물론 정당, 사업 상태와 전망, 인물에 관한 지식을 전에는 몰랐던 관점에서 보게 되었다.

남자들은 하나둘 제럴드에게 다가와 말을 걸었다. 제럴드는 인기가 많은 듯했다. 이 새로운 기억과, 이 남자들의 생각을 전부 포괄하는 듯한 새로운 이해를 바탕으로 그들이 얘기하는 걸 듣고 있자니, 남자가 여자를 진정 어떻게 생각하는지에 관한 새롭고 놀라운 깨달음이 가라앉은 의식이 된 몰리에게 쏟아져 들어왔다.

이들은 착하고 평범한 미국 남자였다. 대부분 결혼했고 대체로 행복하며 마음속에는 누구 하나 빠짐없이 전부 이층집이 있어서 여자에게 품은 생각과 그 외의 생각을 그 이층집의 다른 층에 따로 보관하는 것 같았다.

위층에는 무엇보다도 애정이 있고 아름다운 이상이 있으며 행복한 기억이 있는데, 전부 '가정'과 '어머니'를 향한 애틋한 생각과 그러한 생각을 찬양하는 섬세한 형

용사다. 위층은 일종의 성역으로, 맹목적으로 숭배받는 베일을 쓴 조각상과 평범하지만 자신이 좋아하는 경험이 공존한다.

가라앉은 의식이 극심한 괴로움을 느끼며 깨어난 이곳 아래층에는 남자들이 제법 다른 생각들을 넣어두었다. 제아무리 고결한 남편이라고 할지라도 이곳에 남자들이 저녁 식사에서 했던 이야기와 길가나 자동차에서 들은 더 상스러운 이야기, 기존 관습, 추잡한 욕설, 역겨운 경험에 관한 기억이 존재했다. 알고만 있고 나누지 않은 기억이었다.

물론 이 모든 건 '여자'라는 이층집에 있었고, 마음속 나머지 자리에는 새로운 지식이 자리했다.

세상이 몰리 앞에 펼쳐졌다. 지도를 그리면 대부분은 가정이 차지하고, 나머지는 '외국'이나 '미탐험 국가'로 표시되는 몰리가 자란 세상이 아니었다. 남자가 만들고, 남자가 살고, 남자가 보는 남자의 세상이었다.

건축업자의 청구서나 재료와 방법에 관한 기술적 식견의 관점에서 기차 차창 너머로 빠르게 스쳐 지나가는 집들을 보고, 집을 '소유한' 사람이 누군지, 상사가 공권

력을 얼마나 빠르게 염원하는지, 도로를 저런 식으로 포장한 게 어떻게 잘못됐는지 빈약하게나마 알고서 지나가는 마을을 보니 어질어질했다. 상점을 단지 멋진 물건을 전시한 곳이 아니라 사업체로 보니, 대부분이 기울어진 배였고 수익 창출로 향하는 항해를 할 만한 곳은 몇몇뿐이었다. 이 새로운 세계에 몰리는 얼떨떨했다.

제럴드는 이미 청구서 일이라면 잊었지만 몰리는 아직도 집에서 청구서 때문에 울고 있었다. 제럴드는 이 남자와는 '일 이야기'를, 저 남자와는 '정치 이야기'를 했고, 지금은 이웃이 조심스럽게 숨긴 문제를 동정했다.

몰리는 예전에 그 이웃의 아내를 늘 동정했었다.

몰리는 이 거대하고 지배적인 남성적 의식에 격렬하게 저항하기 시작했다. 책에서 읽고 강의로 들었던 내용을 불현듯 똑똑히 떠올리고 남자의 관점에서 본 이 평온한 남성적 편견을 더욱 격렬하게 증오했다.

이제 길 건너에 사는 작고 까다로운 마일스가 떠들고 있었다.

마일스에게는 덩치가 크고 사근사근한 아내가 있었다. 몰리는 마일스의 아내를 그다지 좋아한 적은 없었지만 마일스는 사소한 부분까지 세심하게 예의를 잘 차려서 꽤 괜찮은 사람이라고 생각했었다.

그랬던 마일스가 제럴드에게 하는 말은 어찌나 지저분한지!

"여기 올 수밖에 없었네. 꼭 앉으셔야 하는 여자분께 내 자리를 내드려야 했거든. 여자는 마음만 먹으면 못 얻을 게 없지, 안 그런가?"

"겁먹을 것 없네!" 그 옆자리에 앉은 덩치 큰 남자가 말했다. "먹을 마음이라고 할 것도 별로 없지 않나. 있어봤자 바꾸기나 할 테고."

"진짜 위험한 걸 말해주지." 알프레드 스미스 목사가 입을 열었다. 삐쩍 마르고 키가 크며 신경질적인, 얼굴이 수 세기는 뒤떨어진 것처럼 생긴 새 성공회 목사였다. "여자가 신께서 정해주신 영역의 한계선을 넘으리란 거야."

"타고난 한계가 막아주겠지." 존스 박사가 쾌활하게 말했다. "생리적인 건 어떻게 할 수가 없어."

"여하간 여자의 욕망에 한계가 있는 건 본 적이 없네." 마일스가 말했다. "부자 남편과 좋은 집은 물론이고 끝

없이 많은 보닛에 드레스에 최신 자동차, 다이아몬드 등
등 원하는 게 끝도 없지. 덕분에 우리만 바쁘게 됐어."

통로 건너편에는 지친 회색 머리 남자가 앉아 있었다.
그 남자에게는 항상 예쁘게 차려입은 아주 근사한 아내
와 마찬가지로 예쁘게 차려입은 미혼 딸 셋이 있었다. 몰
리는 그들을 알았고 저 남자가 열심히 일하는 사람이란
것도 알았다. 이제 그 남자를 조금 초조하게 쳐다보았다.

하지만 겉으로는 쾌활하게 미소를 지었다.

"잘된 일이지, 마일스." 그가 말했다. "안 그러면 남자
가 달리 무엇을 위해서 일하겠나? 좋은 여자는 세상에서
제일 좋은 생명체일 걸세."

"나쁜 여자가 세상에서 제일 안 좋은 생명체란 건 확실
하지." 마일스가 대답했다.

"전문가의 눈으로 봤을 때 여자란 약한 존재일세." 존
스 박사가 엄숙하게 주장하자 알프레드 스미스 목사가
덧붙였다. "여자가 이 세상에 악을 불러왔지."

제럴드 매슈슨은 똑바로 앉았다. 마음속에 정체를 알
수 없지만 저항할 수 없는 감정이 들끓었다.

"우리 모두 노아가 된 듯이 말하는군." 제럴드가 건조

하게 말했다. "힌두교 경전을 읊는 것 같기도 해. 여자들에게 한계가 있는 건 맞네만 우리도 마찬가지 아닌가. 학교나 대학교 다닐 때 우리 못지않게 똑똑하던 여자애들이 있지 않았나?"

"여자들은 우리가 하는 놀이도 못해." 목사가 차갑게 답했다.

제럴드는 노련한 눈으로 목사의 초라한 신체 비율을 가늠했다.

"나라고 축구를 딱히 잘하는 건 아니네만." 제럴드가 겸손하게 인정했다. "전반적인 지구력이 남자보다 뛰어난 여자들을 보았네. 게다가 운동이 인생의 전부는 아니지 않나."

안타깝게도 사실이었다. 남자들은 모두 안색이 나쁘고 옷을 못 입고 뚱뚱한, 통로에 홀로 앉은 남자를 쳐다보았다. 그 남자는 한때 신문 첫머리를 자신의 머리기사와 사진으로 도배했었지만 이젠 여기 있는 누구보다도 돈을 못 벌었다.

"그래, 우리는 여자들이 우리에게 빌붙는다고 탓하지만 그러는 우리는 아내들이 일하는 것을 허락하는가? 아니, 고작 우리 자존심에 상처를 준다는 이유로 막지. 여자들이 돈을 보고 결혼한다며 늘 비난하지만 정작 돈 한 푼 없는 얼간이와 결혼하는 여자를 뭐라고 부르나? 딱한 멍청이라고 하지. 여자들도 그걸 잘 알아."

제럴드는 계속해서 말을 이었다. "이브 이야기로 넘어가지. 내가 겪어보지도 않은 일이거니와 이야기를 부정할 생각도 없네만 이 말은 하겠네. 이브가 이 세상에 악을 불러왔다면 그때부터 그 악을 지속하며 제일 큰 이득을 본 자는 우리 남자들이야. 안 그런가?"

남자들은 도시에 다다랐다. 제럴드는 하루 종일 일하는 내내 새로운 관점과 이상한 기분을 어렴풋이 의식했고, 가라앉은 의식인 몰리는 배우고 또 배웠다.

엄마의 자격

"말도 마요!" 나이 지긋한 브리그스는 용납할 수 없다는 듯 고개를 절레절레 저으며 말했다. "세상이 뒤집어진다 해도 자기 자식을 버리는 엄마가 어디 있어요!"

"게다가 마을에 애를 떠맡기다니!" 수재나 제이컵스가 끼어들었다. "우리가 돌볼 자식이 부족한 줄 아나!"

제이컵스는 넉넉한 농장과 농가를 소유한 부잣집 노처녀로, 잡역부 일을 하는 가난한 사촌과 친구, 제자와 함께 살았다. 자식이 없는 제이컵스와 반대로 브리그스는 자식만 열셋이었고 그중 살아있는 자식만 해도 다섯이라

제이컵스에게 없는 모성애도 충분히 채워줄 만했다.

"제 생각에는…." 몸집이 작은 마을 양장점 재봉사인 마사 앤 시먼스가 목소리를 냈다. "그 여자는 자기 아이부터 구하고 마을을 돕든가 해야 했어요."

마사는 결혼을 했었지만 남편과는 사별하고 돌봐야 할 병약한 아들만 하나 남았다.

서른여섯이 되도록 아직도 결혼을 안 한, 브리그스의 눈에는 지금도 연약한 어린아이로만 보이는 막내딸이 과감하게 한마디 던졌다.

"아주머니들은 그분이 우리 모두를 위해 뭘 했는지는 생각하지 않네요. 그분이 자기 자식을 버리지 않았더라면 분명 우리가 우리 자식을 전부 잃었을 거예요."

"네가 판단할 일이 아니야, 마리아 아멜리아." 마리아의 엄마인 브리그스가 서둘러 대답했다. "넌 자식도 없으니 엄마의 의무를 두고 왈가왈부할 자격이 없어. 엄마라면 무슨 일이 생기든 자기 자식을 버리면 안 돼. 주님께서 다른 사람이 아닌 그 사람에게 돌보라고 주신 자식이야. 넌 입 다물고 있어!"

"그 여자는 자연을 거스르는 엄마였어요!" 제이컵스가

◆

거칠게 되풀이했다. "내가 처음부터 말했던 것처럼요."

"대체 무슨 일이 있었던 거죠?" 이 마을에 머물고 있던 방문객이 물었다. 전체적인 사건에 대해 알고 싶어서 나온 질문이었지만 그 사실을 여자들은 몰랐다.

"그 여자가 무슨 짓을 했냐고요?" 제이컵스가 되물었다.

자세한 이야기를 유도해내기란 어렵지 않았지만 그들의 수다와 모순 속에서 정확한 자초지종을 식별해내기란 어려운 일이었다. 그래도 방문객이 머릿속에서 이해한 내막은 다음과 같았다.

비난받는 주인공의 이름은 에스더 그린우드로, 이곳 토즈빌에서 살다가 죽은 사람이었다.

토즈빌은 풍차 제분소 마을이었다. 토드가(家)는 독일의 라인강 일대에 자리 잡았던 강도 귀족의 성들이 마을을 내려다보았던 것처럼 작은 마을이 내려다보이는 아름다운 언덕에 살았다. 제분소와 제분공의 집들은 강을 따라 그 근처에 지어졌다. 비록 골짜기는 좁고, 주위를 두른 산은 너무 가팔라서 왕래하기에 어려웠으나 수력이 괜찮았기 때문에 바로 강 근처에 지을 수밖에 없었다. 마을 위로는 옆에 난 작은 길을 빼고 골짜기를 전부 채우는 저수지가 있었다. 푸르고 청명한 호수 가장자리에는 백합과 붓꽃이 피었고, 호수 안에는 강꼬치고기와 퍼치가 많이 살았다. 이 호수 덕분에 마을 사람들은 물고기와 얼음을 얻을 수 있었고, 제분소를 운영할 수력을 끌어낼 수 있었으며, 생계를 유지할 수 있었다. 푸른 호수는 유용한 데다 아름답기까지 했다.

이 아름답고 근면한 마을에서 에스더는 비탄에 잠긴 홀아비 손에서 다소 방치되어 자랐다. 에스더의 아버지는 세 아이를 잃고 뒤이어 젊은 아내도 잃어 그에게는 에스더만이 남았다. 그는 에스더가 모든 기회를 누려야 한다고 말했다.

"애초에 그게 에스더를 망쳐 놓은 거예요!" 다들 방문객에게 열정적으로 설명했다. "에스더는 엄마가 있다는 게 어떤 건지 전혀 모르고 선머슴처럼 자랐어요! 날씨야 어떻든 상관하지 않고 이 마을을 수 마일에 걸쳐서 쏘다녀대도 그 애 아빠는 아랑곳하지 않았죠!"

이 주제는 열렬한 토론에 불을 지폈다. 그 비겁하다던 아버지는 의사였는데, 이 여자들의 인정과 지지를 받지 못한 이 지역 의사였을 뿐만 아니라 '자신만의 견해'에

사로잡힌 이질적인 의사였던 모양이었다.

"그 양반은 살면서 들어본 적 없는 말만 주장해 댔어요." 제이컵스가 설명했다.

"약도 잘 안 주려고 했죠. 자연적으로 낫는 거라 자기는 치료할 수 없다면서요."

"치료 능력이 없는 건 확실했어요." 브리그스가 동의했다. "그 사람 아내랑 애들이 정말로 그 사람 손에서 죽었잖아요. '의사여, 너 자신을 치유하라', 이렇게 말하겠어요."

"하지만 어머니." 마리아 아멜리아가 끼어들었다. "그분 아내는 결혼할 때부터 이미 몸이 약했잖아요. 아이들은 소아, 소아마…. 뭐였더라. 아무도 손쓸 수 없는 질병이 뭐였죠?"

"그건 그럴지 모른다만." 제이컵스가 인정했다. "약을 주는 건 의사의 일이야. 자연적으로 다 치료할 수 있다면 의사는 아예 있을 필요도 없지!"

"나는 약을 많이 믿어요. 봄가을이면 우리 애들이 아프든 안 아프든 대비하는 차원에서 항상 넉넉하게 먹였죠. 정말 문제가 있다면 약을 충분히 더 먹었고요. 난 그 점에서는 자책할 일이 없어요." 브리그스가 단호하게 말했다. 그리고 가족 묘지에 양해하는 의미로 경건하게 덧붙였다. "주님께서 주시고 주님께서 거두시도다."

"에스더 아버지가 애를 어떻게 입혀놨는지 보셨어야 해요." 제이컵스가 말을 이었다. "이 마을의 수치였답니다. 멀리서 보면 남자애인지 여자애인지 도통 알 수가 없었죠. 게다가 맨발이라니! 애가 다 크도록 맨발로 돌아다니게 놔두는 바람에 우리는 부끄러워서 차마 그 애를 눈 뜨고 볼 수가 없었어요."

에스더는 자유분방하고 건강한 어린 시절을 보내서 이 작은 마을의 온순하고 얌전한 다른 아가씨들과는 다른 젊은 여성이 된 것 같았다. 에스더를 조금이라도 아는 사람들이라면 그를 좋아했고, 이곳의 아이들도 그를 사랑했지만 나이가 지긋한 훌륭한 부인들은 고개를 저으며 '이상한' 여자애는 쓸모가 없다고 예언했다.

그들은 추억담을 늘어놓으며 에스더를 생생하고 자세하게 묘사했다. 열다섯이 될 때까지 머리를 짧게 하고 다녔다는 것이다. "남자애처럼 머리를 짧게 치고 다녔죠. 여자애가 돌봐줄 엄마가 없어서 안타깝긴 했어요. 게다

♦

가 차림새는 가히 충격적이었답니다. 마침내 맨발에서 벗어나 신발과 스타킹을 신었어도요."

"갈색 체크무늬 셔츠에 반바지만 입었거든요!"

"전 에스더가 좋은 사람이라고 생각했어요." 마리아 아멜리아가 말했다. "저도 엄마 못지않게 에스더를 잘 기억해요! 우리 같은 아이들에게 참 잘 대해주었어요. 에스더는 저보다 대여섯 살 더 많았는데, 그 나이대 여자 아이들이 대개 우리 같은 어린애들하고는 상관하지 않으려고 하는 것과 달리 어린애들에게도 친절하고 상냥했어요. 딸기를 따러 데려가고 온갖 모험에 우릴 끼워줬죠. 새로운 놀이도 가르쳐주고 이야기도 들려줬어요. 에스더처럼 우리에게 잘해준 사람은 생각나지 않아요!"

마리아 아멜리아의 마른 가슴이 감정에 벅차 들썩거렸고, 그의 눈에는 눈물이 어렸다. 하지만 마리아 아멜리아의 어머니는 다소 날카롭게 말을 이었다.

"참 좋게 들리는구나. 널 위해서 뼈 빠지게 노예처럼 고생하고 일한 네 엄마 앞에서 그런 소리를 하다니! 세상에 가진 것 하나 없는 젊은 것이 어린애들한테 받아들여지려고 애쓰다니 참으로 좋아. 한 치 앞도 못 보는 가

엄마의 자격

없은 에스더의 아버지는 여자애가 해야 할 일을 가르쳐 준 적이 없었으니까. 자연적으로 불가능했지."

"재혼이라도 해서 에스더에게 다른 엄마를 만들어줬어야죠." 제이컵스가 결연하게 말했다. 어찌나 결연한지 제이컵스의 표정을 잠깐 살핀 방문객은 이 비겁한 아버지가 재혼을 못 한 이유는 기회가 없어서는 아닐 거라고 결론을 내렸다.

마사 앤 시먼스가 제이컵스에게 공감하는 눈빛을 보내고는 신중하게 고개를 끄덕였다.

"맞아요, 재혼이라도 해야 했어요. 어쨌거나 남자는 아이를 기르는 일에 적합하지 않으니까요. 어떻게 그러겠어요? 엄마에게는 자연적인 본능이 있잖아요. 정상적인 엄마라면 말이에요. 하지만 맙소사. 자기 자식도 딸렸는데 엄마처럼 안 보이는 사람들도 있죠."

"맞아요, 시먼스." 열세 자녀의 어머니가 동의했다. "모성애는 아주 신성한 본능이라고 할 수 있죠. 그게 없으면 아이만 불쌍하게 돼요. 이제 에스더 얘기를 하죠. 에스더가 다른 여자애들과 같지 않다는 건 줄곧 알았어요. 정상적인 여자애들처럼 드레스나 친구들에게 신경 쓰기보다는 항상 어린애들 한 무리와 언덕을 정신없이 쏘다녔죠. 이 동네에서 에스더를 쫓아다니지 않은 애가 없었어요. 에스더 때문에 어린애가 있는 집은 골머리를 앓았지 뭐예요. 애들이 에스더 아줌마가 뭐라고 말했고 뭘 했는지 자기들 엄마에게 귀가 따갑도록 말했거든요. 에스더도 어렸을 때였는데 말이죠. 에스더는 실제로 미모나 그런 것보다는 애들을 더 신경 쓰는 것처럼 보였어요. 정상이 아니었죠!"

"그런데 결혼했다고요?" 방문객이 끈질기게 물었다.

"결혼이라고요? 네, 마침내 결혼했죠. 우린 절대 안 할 줄 알았는데 하더군요. 에스더 아버지가 가르쳐 놓은 게 있어서 기회는 다 튼 줄 알았는데 말이에요. 에스더를 교육한 방식은 아주 그냥 엉망이었어요."

"의사라서 달랐나 봐요." 시먼스가 끼어들었다.

"의사든 아니든," 제이컵스가 단호하게 말했다. "여자애를 그렇게 많이 교육하는 건 심히 부끄러운 일이었죠."

"마리아 아멜리아." 마리아 아멜리아의 엄마가 말했다. "정신 차릴 때 쓰는 소금 좀 가져와라. 손님방에 있을 거야. 마르시아 숙모가 왔다가 어지럽다고 했을 때 소금을 가져다 달라고 했던 것 기억 안 나니? 장롱 서랍 제일 위 칸을 보렴. 분명 거기 있을 거야."

서른여섯이지만 미혼인 마리아 아멜리아는 예의 바르게 물러났고, 다른 여자들은 방문객에게 가까이 다가갔다.

"내가 들어본 말 중에 가장 충격적이었어요." 브리그스가 속삭였다. "에스더에게 아기가 어떻게 나오는지 알려준 사람이 정말로 그 애 아버지란 것 알아요?"

숨 막히는 정적이 흘렀다.

"에스더 아버지가 그랬어요." 브리그스가 말을 이었다. "에스더는 엄마가 될 거니까 무슨 일이 다가올지 알아야 한다고요!"

"교회 부인회가 에스더 아버지를 찾아갔어요. 다 결혼하고 그 양반보다 나이도 많은 부인들이었죠." 제이컵스가 간소하게 설명했다. "마을에 추문을 불러일으킨다고 했더니 그 사람이 뭐라고 한 줄 아세요?"

또다시 숨 막히는 정적이 흘렀다.

위에서 마리아 아멜리아가 계단으로 향하는 발소리가

들렸다.

"소금이 거기에 없어요, 엄마!"

"다리가 높은 서랍장 맨 위 칸을 찾아봐. 거기 어디에 있을 거야." 마리아 아멜리아의 엄마가 대답했다.

그러고는 음산하게 속삭였다.

"그리고 우리에게 말하기를, '네, 저도 부인회에 있어서 들었어요. 젊은 여자들이 엄마로서 무슨 일을 겪게 되는지 모른다면, 자기 자식을 위한 아버지감을 고르는 의무를 다할 수 없죠.' 자기 입으로 '아버지감 고르기'라고 했다니까요! 여자애가 하기에 퍽도 좋은 생각이죠. 자기 자식의 아버지가 될 사람을 고른다니!"

"그래요, 게다가 그게 다가 아니랍니다." 제이컵스가 끼어들었다. 부인회 소속은 아니었지만 부인회가 굴러가는 방식에 익숙해 보였다. "그 사람이 말하길…" 하지만 브리그스가 제이컵스를 무시하고 계속해서 빠르게 말했다.

"그 순진한 여자애에게 그 나쁜 질병을 가르쳤대요. 실제로요!"

"맞아요!" 시먼스가 말했다. "그 얘기가 온 동네에 일

파만파 퍼져서 그 이후로 에스더와 결혼하려고 하는 남자가 하나도 없었죠."

제이컵스는 이야기를 잇기를 고집했다. "'에스더를 지키기 위해서' 말했다는 건 이해해요. 지키긴 지켰죠. 결혼 생활에서 지켰죠! 어느 멀쩡한 남자가 삶의 해악을 전부 아는 여자애와 결혼하고 싶어 하겠어요? 분명히 말씀드리는데 난 다르게 컸어요."

"여자애는 순수함을 지켜야 해요!" 브리그스가 진지하게 선포했다. "나만 해도 결혼할 때 내게 닥친 일이 무엇인지 태어나지도 않은 아기보다도 몰랐어요. 내 딸들도 그렇게 아무것도 모르게 키웠고요!"

그러다 마리아 아멜리아가 소금을 들고 돌아오자 브리그스는 좀 더 큰 목소리로 말을 이었다. "어쨌거나 에스더도 결혼을 하긴 했죠. 남편도 참 이상한 남편을 뒀어요. 예술가인지 뭔지 잡지에 그림을 그리는 일 같은 걸 했어요. 언덕에서 처음 남편을 만났다더군요. 어쨌거나 알려지기로는 그게 첫 만남이에요. 둘이서 쏘다녔다고 하더군요. 남편은 그림 도구를 들고요! 두 사람은 결혼하고 나서 에스더 아버지와 살려고 정착했죠. 에스더는 아버지를 떠나지 않겠다고 맹세했거든요. 에스더 아버지는 어디서 살든 상관없고 사업이야 이전하면 된다고 했고요."

"함께 행복해 보였어요." 마리아 아멜리아가 말했다.

"행복이라! 그래, 아마 행복했을지도 모르지. 내가 보기엔 상당히 이상한 가족이었어요." 마리아 아멜리아의 엄마가 회상하며 고개를 절레절레 흔들었다. "한동안 잘 꾸려나가는가 싶더니 에스더의 아버지가 죽고 말았죠. 이후로 그 부부가 살았던 꼴은 살림이라는 말을 붙이기도 아까워요."

"맞아요." 제이컵스가 말했다. "그 부부는 집 안에서보다 밖에서 더 시간을 보냈답니다. 에스더는 어디든 남편을 따라다녔고 공공연하게 애정 행각을…."

모두 이 기억을 떠올리고는 지극히 못마땅해하는 표정을 지었다. 방문객과 마리아 아멜리아만 제외하고.

"에스더에게는 딸이 하나 있었는데요." 브리그스가 말을 이었다. "처음부터 딸을 방치하는 걸 보고 얼마나 충격받았는지 몰라요. 모성애가 아예 없는 사람 같았어요!"

"아이들을 매우 아꼈다고 들었던 것 같은데요." 방문객이 되물었다.

"아, 아이들요, 그랬죠. 얼굴이 꼬질꼬질한 꼬마들하고도 곧잘 친해졌어요. 심지어는 캐나다인들하고요. 제 분공 애들 무리에 둘러싸여서 소풍인지 뭔지 가는 모습을 몇 번이나 봤는지 몰라요. 에스더는 '야외 수업'이라고 했는데, 뭐 그런 생각을 다 했나 몰라요. 하지만 자기 자식한테는 어떻게 대했냐면 글쎄⋯." 브리그스의 목소리가 경악에 찬 속삭임으로 낮아졌다.

"아기 옷이라고는 전혀 마련하지 않았어요. 양말 한 짝 없었다고요!"

방문객은 흥미가 생겼다.

"뭐죠, 에스더가 자기 딸에게 뭘 한 겁니까?"

"누가 알겠어요?" 브리그스가 대답했다. "딸이 어릴 때는 우리에게 얼굴도 거의 안 보여줬어요. 분명 창피했던 거겠죠. 하지만 엄마가 느끼기엔 이상한 감정 아닌가요? 난 아이들이 정말 자랑스러웠거든요. 계속 예쁘게 꾸며줬고요. 밤새 앉아서 바느질과 빨래를 해야 하더라도 아이들은 보기 좋게 꾸몄죠." 교회 마당에 있는 여덟 개의 작은 묘를 떠올리는 브리그스의 딱하고 주름진 눈에 눈물이 그렁그렁 차올랐다. 브리그스는 지금까지도 그곳을 예쁘게 관리하고 있었다.

"에스더는 어린 딸이 헐벗다시피 하고 강아지처럼 풀밭에 굴러다녀도 내버려 뒀어요! 원주민도 그보다는 잘 키우죠. 잠깐이라도 치장을 시키긴 하니까요! 그 애는 원주민보다 심한 취급을 받은 거죠. 물론 우리는 할 수 있는 일이라면 전부 했어요. 그게 옳다고 생각했으니까요. 하지만 에스더가 치를 떨어서 그냥 뜻대로 하게 놔두는 수밖에 없었답니다."

"아이는 죽었나요?" 방문객이 물었다.

"죽다뇨, 맙소사, 아니에요! 아까 지나가면서 보신 아이가 그 아이예요. 건장한 여자아이죠. 스톤 씨가 받아준 덕에 잘 자랄 거라고 예상한답니다. 스톤 씨는 항상 에스더를 아주 좋게 보았죠. 전 그 아이가 엄마를 잃어서 차라리 잘됐다고 생각해요. 그런 취급을 받으며 지금까지 어떻게 살아남았는지 몰라요. 그 여자는 어쩌면 그렇게 마지막까지 한 가닥의 모성애도 없어 보였는지! 자기 아이가 생겼어도 여전히 다른 어린아이들을 전처럼 아끼는 것 같았는데, 그건 자연을 거스르는 일이죠. 그 참사가 어떻게 일어났는지 말씀드릴게요. 에스더네 가족은 마을보다 강에 가까운 골짜기에 살았어요. 에스더의 남편은 외출했다가 그날 밤 드레이턴에서 강변 도로를 따라 운전해서 집에 오고 있었죠. 에스더는 남편을 만나러 나갔어요. 남편을 찾겠다고 댐에 올라갔다가 강 건너에 있는 마차의 모습을 똑똑히 본 게 분명해요.

남편이 집에 가서 딸을 제시간에 구할 수 있을 거라고 생각했는지도 몰라요. 그게 우리가 끼워 맞출 수 있는 유일한 이유예요. 하지만 에스더는 이렇게 했죠. 제정신이 박힌 엄마가 그런 짓을 할 수 있었을지는 직접 판단하세요. 그 끔찍한 참사가 벌어졌던 때였어요. 아마 기사로 읽어보셨을 거예요. 마을을 세 곳이나 파괴한 참사였죠. 네, 에스더는 댐에 갔다가 댐이 무너지는 걸 봤어요. 그런 쪽에 감이 좋았던 여자였죠. 그리고 냅다 몸을 돌려서 뛰었어요. 위치를 벗어난 소를 쫓아서 언덕 위에 갔던 제이크 엘더는 에스더가 가는 모습을 봤죠. 에스더에게 무슨 문제가 있는지 짐작하기에는 너무 멀리 있었지만 그렇게 달리는 여자는 생전 처음 봤대요.

믿으실지 모르겠지만 에스더는 절대 멈추지 않고 자기 집을 지나쳐서 뛰어갔어요. 눈길 한번 안 주고 곧장 마을로 달려갔죠. 물론 겁에 질려서 제정신이 아니었을지도 모르지만 그건 에스더답지 않아요. 네, 저는 에스더가 죄 없는 아기를 죽게 놔둬야겠다고 마음먹었다고 생각해요! 그러고는 경고하러 무작정 여기로 뛰어왔죠. 우리는 물론 말을 타고 소식을 골짜기 아래로 전했고, 마을 세 곳 모두 인명 피해는 나지 않았어요. 에스더는 우리에게 상황을 알리자마자 되돌아 뛰어갔지만 그때는 이미 늦었죠.

제이크는 전부 봤지만 뭐라도 하기에는 너무 멀리 떨어져 있었어요. 너무 무시무시해서 한 발짝도 움직일 수 없었다더군요. 마차는 잘 달리다가 댐에 가까워지고서야 그린우드가 위험을 느꼈는지 미친 듯이 채찍을 휘둘러댔대요. 그린우드는 에스더 남편이에요. 하지만 제때 빠져나가지 못했죠. 댐은 무너졌고 물이 해일처럼 그린우드를 뒤덮었어요. 에스더는 문에 거의 다 다다랐지만 그때 물이 에스더와 에스더의 집을 덮치고야 말았고요. 에스더와 그린우드의 시신은 며칠이 지나도 찾을 수 없었어요. 강 아래로 쓸려 내려간 거죠.

에스더 부부의 집은 튼튼했고 조금 높은 지대에 있었는데, 그 사이에 큰 나무들이 있었어요. 강도 있었죠. 집은 저 아래 돌로 지어진 교회로 떠내려갔지만 완전히 부서지지는 않았어요. 아이는 침대에서 허우적거리고 있었는데 물에 빠져 죽을 뻔했지만 목숨을 건졌죠. 놀랍게도 아기는 감기로 죽지 않고 지금까지 살아있답니다. 강한 체질인 게 분명해요. 애 부모는 해준 게 없었으니 우리가 여기서 보살펴야 했죠."

"어머니, 그건 그렇고요." 마리아 아멜리아 브리그스가 말했다. "제가 보기에 에스더는 자기 몫을 다했어요. 에스더가 경고해주지 않았더라면 세 마을은 깡그리 휩쓸려서 천오백 명 가까이 되는 사람이 떠내려갔을 거예요. 에스더가 자기 자식을 끄집어내려고 멈췄다면 제때 여기에 오지 못했을 테고요. 에스더가 제분공들의 아이들을 생각했다고 보지 않으세요?"

"마리아 아멜리아, 너 때문에 부끄럽구나!" 브리그스가 말했다. "넌 결혼도 안 했고 자식도 없잖니. 엄마의 의무는 자기 자식이야! 에스더는 다른 가족을 돌보느라 자기 자식을 방치했어. 주님께서 에스더에게 다른 애들을 돌보라고 주신 적이 없잖아!"

"그래." 제이컵스가 말했다. "그리고 에스더의 아이는 마을의 짐이 됐지! 에스더는 자연을 거스르는 엄마였어!"

모두가 행복해지는 방법

"으아아아앙! 으아아아아아아앙!"

프랭크 고딘스는 커피 컵을 세차게 내려놓았다. 그 탓에 커피가 흘러넘쳐 컵 받침에도 쏟아졌다.

"애 우는 소리 좀 그칠 방법 없어?" 프랭크가 요구했다.

"난, 모르겠어." 줄리아가 대답했다. 기계에서 뚝뚝 잘려 나온 것처럼 아주 무뚝뚝하면서도 사무적이었다.

"난 안다." 프랭크의 어머니가 더 무뚝뚝하지만 덜 사무적인 말투로 말했다.

줄리아는 가늘고 반듯한 눈썹 아래 시선으로 시어머

니를 쳐다보고는 아무 말도 하지 않았다. 하지만 피로로 절은 눈가 주름이 깊어졌다. 꼴딱 새우다시피 밤을 보낸 것이 여러 날이었다.

프랭크도 마찬가지였다. 사실, 프랭크의 어머니도 잠을 이루지 못했는데 그 이유는 두 사람과 달리 아기를 돌보는 사람이 나였으면 하고 바라느라였다.

"프랭크, 아기 울음 그치는 데 다른 건 필요 없단다. 줄리아가 허락만 해주면…."

"말씀하셔도 소용없어요." 줄리아가 말했다. "프랭크가 애 엄마에게 만족을 못 한다면 자기 입으로 말하라고 해요. 그러면 변화를 줄 수 있을지도 모르죠."

불길할 정도로 나지막한 말투였다. 줄리아의 신경은 한계에 다다랐다. 옆방에서 들리는 귀를 찢는 울음 소리는 마치 채찍처럼 지친 귀와 민감한 엄마의 마음을 내리쳤고 그 자리가 불에 덴 것처럼 화끈거렸다.

줄리아는 예전부터 귀가 매우 예민했다.

결혼하기 전에 줄리아는 열정적인 음악가였고, 피아노와 바이올린을 훌륭하게 가르치는 선생이기도 했다. 어느 어머니에게라도 자식의 울음은 아픔으로 다가오겠지만 음악을 하는 어머니에게는 더욱 고문이 따로 없는 법이다.

하지만 줄리아는 귀만이 아니라 다른 면에서도 예민한 사람이었다. 신경은 약해졌을지라도 자부심은 여전히 강했다. 이 아기는 줄리아의 아기였고, 그러므로 이 생명체를 돌보는 것을 자신의 의무로 여겼으며, 무슨 일이 있어도 직접 책임지려고 했다. 줄리아는 아기를 보살피고 집을 깔끔하게 관리하는 데 부단히 헌신하며 매일을 보냈다. 줄리아의 밤이 재충전하는 시간이 아니게 된 지도 한참이었다.

또다시 짜증스런 칭얼거림이 목 놓아 울부짖는 소리로 높아졌다.

"육아 방식을 바꿔야 할 때가 온 게다." 시어머니가 매섭게 내뱉었다.

"사는 곳을 바꾸든지요." 며느리가 들리지 않을 정도로 작은 목소리로 말했다.

"이런, 세상에! 뭐가 됐든 바꾸자고, 최대한 빨리!" 그들의 아들이자 남편인 프랭크가 일어서며 말했다.

프랭크의 어머니 역시 일어서더니 방금 들은 불평에

하나도 신경쓰지 않는다는 듯이 고개를 꼿꼿이 들고 방을 나갔다.

프랭크 고딘스는 아내를 노려보았다. 프랭크의 신경도 예민해진 상태였다.

수면 부족이 계속되면 건강이나 성격에 득이 되지 않는다. 그걸 아는 자들은 고문 수단으로 잠을 못 자게 한다.

줄리아는 기계적일 정도로 침착하게 커피를 휘저으며, 침울한 눈으로 컵만 내려다보았다.

"어머니에게 그런 식으로 말하는 걸 두고 보지 않겠어." 프랭크가 단호하게 말했다.

"난 어머님이 내 양육 방법에 참견하시는 걸 두고 보지 않을 거야."

"당신 방법이라니! 맙소사, 줄리아, 당신은 죽었다 깨어나도 어머니보다 더 잘할 수 없어! 어머니는 아이 돌보는 일을 진심으로 사랑하실 뿐만 아니라 실제로 경험도 있거든. 왜 그냥 어머니한테 애를 맡기지 않는 거야? 그러면 우리 모두에게 평화가 올 텐데!"

줄리아는 눈을 들어 프랭크를 쳐다보았다. 그 눈은 깊고 헤아리기 어려운 분노의 빛을 띤 우물 같았다. 프랭크는 줄리아의 심정에 조금도 공감하지 못했다. 피로 때문에 '미치기 일보 직전'이라는 표현은 가감 없이 실제 상태를 표현하는 말이었다. '이성이 무너져내린다'는 말 역시 분명 실제 있을 수 있는 일이었다.

줄리아는 식구들이 짐작하는 것보다 더 처절하게 무너지기 일보 직전이었다.

이런 처지에 갇히는 상황은 복잡하지도 드물지도 않았으며 절대 피할 수 없었다.

프랭크 고딘스는 가정교육을 잘 받았고 아주 능력 있었으며, 그를 숭배하다시피 애정을 퍼붓는 어머니 고딘스 부인의 외동아들이었다. 프랭크는 고귀한 미모와 고운 마음씨를 겸비한 젊은 음악 교사와 깊고 지독한 사랑에 빠졌고, 어머니인 고딘스 부인의 허락까지 받아냈다. 고딘스 부인 역시 음악을 사랑하고 아름다움에 감탄할 줄 아는 사람이었다.

고딘스 부인은 은행에 저축한 돈이 적어서 따로 집을 구할 수 없었고, 줄리아는 기꺼이 시어머니를 부부의 가정에 따뜻하게 받아들였다.

이 가정에는 애정과 예의, 평화가 있었다. 남편을 열렬히 사랑해서 지구상 최고의 음악가가 되겠다던 소망도 포기할 수 있는 젊은 아내의 숭고한 헌신이 있었다. 줄리아는 부득이하게 몇 달째 음악을 포기했는데, 생각했던 것보다 훨씬 더 음악이 그리웠다.

줄리아는 그들의 작은 집을 아름답게 꾸미고 관리하는 데 정성을 쏟았는데, 하인들의 무능함이 하도 변화무쌍하여 수준을 유지하기 어려웠다. 음악적 기질에 인내심이나 관리 능력이 꼭 포함되지는 않는 법이다.

아기가 태어나자 줄리아의 마음은 온전한 헌신과 감사로 흘러넘쳤다. 줄리아는 프랭크의 아내이자 프랭크의 아이의 어머니였다. 줄리아의 행복은 불어나고 커지다가 음악으로 감정의 흐름을 자유롭게 쏟아낼 수 있기를 그 어느 때보다 갈망하게 되었다. 줄리아는 음악으로 사랑과 자부심, 행복을 표출하고 싶었다. 말로 표현하는 재주를 타고난 게 아니었기에.

이제 줄리아는 말없이 남편을 바라보았다. 별거와 은밀한 도피, 심지어 자해하는 상상까지 마음속에서 어지러울 정도로 날뛰었지만 이렇게만 말했다. "그래, 프랭크. 변화를 주자. 그러면 당신이 편해지겠지."

모두가 행복해지는 방법

"정말 고마워, 줄리아! 당신 정말 피곤해 보여. 아기는 어머니가 보라고 하고 당신은 눈 좀 붙이지 그래?"

"응." 줄리아가 말했다. "그래…. 그럴까 봐." 목소리에 기이한 기색이 감돌았다.

프랭크가 정신과 의사였다면, 하다못해 일반 의사이기라도 했다면 그 기색을 알아차렸을 테지만 그는 여자의 신경이 아니라 전기 코일, 발전기, 구리선을 다루는 일을 했기 때문에 전혀 눈치채지 못했다.

프랭크는 줄리아에게 키스를 하고는 밖으로 나갔다. 어깨를 펴고 길게 안도의 한숨을 내쉬며 집을 뒤로하고 자신의 세계로 걸어 들어갔다.

'결혼하고 애를 키운다는 게 썩 좋지만도 않군.' 마음 한구석으로는 내심 그렇게 생각했으나 온전히 인정하기는커녕 표현하지도 않았다.

친구가 프랭크에게 "집에는 별일 없고?"라고 물으면 프랭크는 이렇게 대답했다. "그래, 그럭저럭 괜찮아. 애가 엄청나게 울어대지만 애들이 다 그런 거 아니겠어?"

그 문제는 전부 마음속에서 훌훌 떨쳐버리고 어떻게 하면 아내와 어머니, 아들을 먹여 살릴 만큼 돈을 벌 수 있을지 남자의 과업에 몰두했다.

프랭크의 어머니는 작은 방에 앉아 창 밖으로 우물 건너편에 있는 젖빛 유리창을 응시하며 골똘히 생각했다.

한편 줄리아는 작고 어수선한 아침 식사용 탁자에서 손으로 턱을 괴고 미동도 없이 앉아 있었다. 커다란 눈으로 허공을 응시하며 왜 하고 싶은 일을 하면 안 되는지 지친 머리를 굴려서 쓸 만한 이유를 생각해내려고 했다. 하지만 줄리아의 머리는 진이 다 빠져서 도무지 도움이 되지 않았다.

잠, 잠, 잠. 그것이 줄리아가 원하는 단 한 가지였다. 줄리아가 자면 시어머니는 마음껏 아기를 돌볼 수 있고 프랭크는 편해질 수…. 오, 맙소사! 아기를 씻길 시간이었다.

줄리아는 기계적으로 아기를 씻겼다. 정각이 되었을 때는 멸균 우유를 준비해서 아기가 편하게 마실 수 있게 젖병을 물려주었다. 아기는 편안하게 누워 우유를 마셨고 줄리아는 그 모습을 말없이 지켜보았다.

욕조를 비우고 목욕할 때 입는 앞치마는 마르도록 걸어둔 다음, 수건과 스펀지 등 첫아이 목욕이라는 정교한 작업에 쓰는 여러 목욕용품을 주워들고 앞을 똑바로 보며 앉았다. 몸은 그 어느 때보다 더 피곤했으나 마음속 결심은 커졌다.

그레타는 쿵쾅거리며 탁자를 치우더니 지금은 부엌에서 달그락거리며 설거지를 했다. 줄리아는 쾅 소리가 날 때마다 움찔했다. 그레타가 높은 목소리로 일에 관한 구슬픈 노래를 부르기 시작하자 줄리아는 몸을 떨며 일어섰다. 그리고 결심했다.

조심스럽게 아이와 우유병을 들어 올려서 아이의 할머니 방으로 갔다.

"앨버트 좀 봐주실래요?" 줄리아가 높낮이 없고 조용한 목소리로 말했다. "저는 눈 좀 붙여보려고요."

"아, 맡겨 주면 나야 좋지." 시어머니가 대답했다. 예의를 차린 냉정한 말투였지만 줄리아는 눈치채지 못했다.

줄리아는 아기를 침대에 눕힌 다음 이번에도 한동안 멍하니 서서 아기를 바라보다가 별다른 말 없이 나갔다.

고딘스 부인은 앉아서 오랫동안 아기를 바라보았다. "어쩜 이렇게 사랑스러울까!" 아기의 장밋빛 뺨을 흐뭇하게 바라보니 부드러운 말이 쏟아졌다. "앨버트한테는 문제랄 게 하나도 없어! 다 줄리아가 터무니없는 생각을 해서 그래. 애를 대하는 방식이 너무 들쭉날쭉하잖아. 애를 한 시간이나 울게 놔둘 생각을 하다니! 줄리아가 초조해하니 애도 덩달아 초조해하는 거야. 당연히 앨버트 목욕을 끝낼 때까지 우유를 다 먹이지도 못했겠지. 아무 렴!"

부인은 한동안 냉소적인 생각을 이어가다가 작고 촉촉한 입에서 빈 병을 떼어냈다. 아기는 몇 번 더 의미 없이 허공만 쪽쪽 빨다가 잠들었다.

'나라면 앨버트가 절대 울지 않게 돌볼 수 있어!' 부인은 아기를 천천히 앞뒤로 흔들며 생각했다. '앨버트 같은 애를 스무 명은 돌볼 수 있지. 그것도 즐기면서! 어디 다른 데 가서 그럴까 봐. 줄리아도 좀 쉬게. 말마따나 거처를 바꾸는 거지!'

부인은 손자를 흔들며 계획을 세웠다. 아기는 자고 있었지만 품에 안은 것만으로도 기분이 좋았다.

그레타는 자기 일을 하러 나갔다. 집은 아주 조용했다.

불현듯 부인이 고개를 쳐들더니 냄새를 킁킁 맡았다. 그는 재빠르게 일어나 가스 노즐을 확인하러 뛰쳐 갔다.

아니다. 노즐은 단단히 잠겨 있었다. 식당으로 돌아왔다. 전부 이상이 없었다.

"이런 칠칠치 못한 며느리가 레인지를 켜둬서 가스가 샌 게야!" 부인은 그렇게 생각하고는 부엌으로 갔다. 아니었다. 부엌은 상쾌하고 깨끗했으며 버너는 전부 꺼진 상태였다.

"이상한 노릇이네. 복도에서 들어온 냄새인가 봐." 부인은 문을 열었다. 아니었다. 복도에서는 평소처럼 지하실에서 올라오는 냄새만 났다. 거실도 멀쩡했다.

부동산 중개인이 '음악실'이라고 부른 벽감에도 줄리아의 뚜껑 닫힌 피아노와 바이올린 케이스만 먼지가 쌓인 채 덩그러니 놓여 있을 뿐 아무것도 없었다.

"줄리아 방에서 나는 냄새야. 줄리아는 잠들었는데!" 고딘스 부인이 말했다. 그리고 줄리아의 방문을 열려고 했다.

잠겨 있었다. 두드렸으나 답이 없었다. 문손잡이가 덜컹거릴 정도로 더 크게 두드리고 흔들어봐도 묵묵부답이었다.

고딘스 부인은 재빠르게 생각했다.

"사고일지 몰라. 아무도 몰라야 해. 프랭크는 절대 알면 안 돼. 그레타가 나가서 다행이군. 어떻게든 들어가야겠어!"

부인은 문 위에 달린 사람이 하나 겨우 들어갈 만한 작은 여닫이 창문을, 그리고 줄리아가 좋아하는 커튼을 달기 위해 프랭크가 문 바로 앞에 단단히 설치한 커튼 봉을 쳐다보았다.

"할 수 있겠지, 위기 상황이니까."

부인은 나이에 비해 체력이 매우 좋았지만 왕년의 체조 솜씨를 동원한다 해도 문 위로 뛰어넘어 들어가는 일까지 감당할 수 있을 정도는 아니었다. 부인은 서둘러서 사다리를 가져왔다.

사다리 꼭대기에 오르니 안이 보였다. 부인은 눈앞의 광경을 보는 순간 앞뒤 재지 않고 행동했다.

작지만 힘 있는 손으로 막대기를 움켜쥐고 문 위에 달린 여닫이 창문 틈새로 마른 몸을 거침없이 밀어 넣은 다음, 서투르긴 해도 성공적으로 몸을 뒤집은 후 숨을 거칠게 내쉬며 바닥으로 떨어졌다. 내려오면서 여기 저기 타박상을 입었지만 아랑곳하지 않고 나는 듯이 달려가서 창문과 문을 열었다.

줄리아가 눈을 떴을 때는 다정한 품 안이었고, 현명하고 부드러운 말이 그를 달래고 안심시켰다.

"아무 말도 하지 마라, 얘야. 이해한다. 나도 이해해! 오, 얘야. 내 소중한 딸! 프랭크와 내가 네게 절반도 잘해주지 못했구나! 하지만 이제 기운 내려무나. 네게 들려줄 아주 좋은 계획이 있단다. 우리는 변화를 줄 거야! 잘 들어보렴!"

창백한 얼굴을 한 어린 엄마는 조용히 누운 채로 애정과 보살핌을 마음껏 받으며 멋진 계획에 관해 의견을 나누고 결정을 내렸다.

프랭크 고딘스는 아기가 '울어대는 시기를 벗어나서' 만족했다. 아내에게도 만족한다고 말했다.

"맞아." 줄리아가 상냥하게 말했다. "앨버트가 더 나은 보살핌을 받고 있거든."

"당신이 깨닫게 될 줄 알았어." 프랭크가 자랑스럽게 말했다.

"그랬지!" 줄리아가 동의했다. "정말 많이 깨달았어!"

프랭크는 흐뭇했다. 줄리아의 건강이 빠르고 안정적으로 회복되어서 이렇게 만족스러울 수 없었다. 줄리아의 뺨은 다시 섬세한 분홍색이 감돌았고, 눈빛은 부드러워졌다. 줄리아가 저녁에 앨버트가 깨지 않게 문을 닫고 프랭크에게 부드러운 음악을 연주해줄 때면 프랭크는 연애하던 시절이 다시 온 듯한 기분이었다.

쿵쾅대며 걷던 그레타는 가고 대신 그날로 훌륭한 프랑스인 중년 여성이 그레타의 자리를 대체했다. 프랭크는 그 여성의 특성에 관해 아무것도 묻지 않았고, 이 여성이 장보기와 식사 준비를 담당한다는 사실을 몰랐으며, 새로운 별미와 세심하게 변화를 준 요리로 그에게 기쁨을 준 장본인이라는 사실도, 전임자들보다 훨씬 더 많은 임금을 받는다는 사실도 몰랐다. 프랭크는 매주 똑같은 액수를 내고 자세한 일은 신경 쓰지 않았다.

프랭크는 어머니가 삶의 의욕을 되찾은 듯해서 또한 만족했다.

어머니는 너무나 쾌활하고 활발했으며, 소소한 농담과 이야기가 넘쳤다. 프랭크가 어릴 적에 알던 어머니의 모습 그대로였다. 무엇보다도 어머니가 줄리아를 아주

허물없고 다정하게 대하는 모습에 프랭크는 정말 기쁘기 그지없었다.

"결혼 생활이 어떤지 말해주지!" 프랭크가 총각 친구에게 말했다. "자네들은 이 좋은 걸 모르고 살아." 그리고 그는 친구를 저녁 식사에 데려왔다. 오직 그 말을 증명하기 위해서였다.

"일주일에 고작 35달러로 이걸 다 한다고?" 프랭크의 친구가 따졌다.

"그렇지." 프랭크가 자랑스럽게 대답했다.

"자네 아내가 참 관리를 잘한다고밖엔 못 하겠군. 요리사도 최고야. 듣고 보고 먹어본 주급 5달러짜리 요리사의 요리 중에 이만한 요리는 없었어."

프랭크는 기쁘고 자부심이 넘쳤다.

하지만 누군가 "프랭크, 자네가 아내의 음악 수업을 못마땅해할 줄 알았지 뭔가!"라고 불쾌할 정도로 솔직한 말투로 프랭크가 몰랐던 사실을 내뱉는 순간 기쁜 마음도 자부심도 사라졌다.

프랭크는 친구에게 놀라거나 화난 기색을 보이려다 참고 그 화를 아내에게 표출하기로 했다. 게다가 너무나 놀라고 화나서 가장 자기답지 않은 짓을 했다. 아직 이른 오후인데도 회사에서 나와 집으로 간 것이다. 프랭크는 집 문을 열었다. 아무도 없었다. 방이란 방을 전부 가봤다. 아내도, 아기도, 어머니도, 하인도 없었다.

엘레베이터 보이 찰스는 프랭크가 쿵쾅거리며 문을 여닫는 것을 듣고는 반갑게 활짝 웃었다. 프랭크가 나오자 나서서 알려주었다.

"아내분은 나가셨어요, 선생님. 하지만 어머님과 아기는 위층에 계세요. 아마도 옥상일 거예요."

프랭크는 옥상으로 갔다. 어머니와 쾌활한 보모, 행복한 아기 열다섯 명이 그곳에 있었다.

고딘스 부인이 재빠르게 대응했다.

"내 영아원에 잘 왔다, 프랭크." 부인이 밝게 말했다. "네가 마침 딱 맞춰서 퇴근한 덕에 영아원을 보게 되어 기쁘구나."

부인은 프랭크의 팔을 잡고 이리저리 끌고 다니며, 볕이 잘 드는 옥상 정원과 모래터, 아연으로 도금한 넓고 얕은 수영장, 꽃과 덩굴 식물, 시소, 그네, 바닥에 깐 매트리스를 자랑스럽게 보여주었다.

"애들이 얼마나 행복해하는지 보렴." 부인이 말했다. "잠깐 정도는 실리아가 잘 돌봐줄 수 있어." 그러고는 프랭크에게 위층을 전부 보여주었다. 날이 궂을 때 아이들이 낮잠을 자거나 놀 수 있는 편리한 공간으로 개조한 곳이었다.

"줄리아는 어디 있어요?" 프랭크가 일단 따졌다.

"곧 있으면 올 거다." 부인이 대답했다. "어차피 5시가 되면 와. 그때쯤이면 엄마들도 아기들을 데리러 오지. 난 9시부터 5시까지 봐주거든."

프랭크는 화가 나고 상처받아서 아무 말도 하지 않았다.

"아들아, 네가 기꺼워하지 않으리란 걸 알아서 처음에 네게 말하지 않은 거란다. 이 사업이 잘 굴러간다는 걸 우선 확인하고 싶기도 했고. 위층은 내가 빌렸는데 월세가 40달러야. 우리 집 집세와 똑같은 액수지. 난 실리아한테 일주일에 5달러를 주고, 매일 우리 아기들을 봐주시고 데려오는 것도 도와주시는 아래층의 홀브룩 박사님에게도 그만큼을 드려. 엄마들에게 일주일에 3달러씩 받고, 보모는 둘 필요가 없지. 거기에 줄리아에게 숙식비로 일주일에 10달러씩 주는데, 그러고도 내 수중에 10달러 정도는 남는단다."

"줄리아는 음악 수업을 하고요?"

"그래, 전에 하던 대로 음악을 가르쳐. 줄리아가 좋아한단다. 요새 얼마나 행복해하는지 너도 눈치챘겠지? 나도 행복해. 앨버트도 그렇고. 우리 모두를 행복하게 하는 일로 기분 나빠하지 않을 거지?"

바로 그때 줄리아가 들어왔다. 활기차게 산책을 마치고 와서 얼굴이 환하고 생기가 돌며 명랑했고, 가슴에 제비꽃 한 다발을 들고 있었다.

"아, 아머니." 줄리아가 외쳤다. "표를 구했어요. 우리다 같이 멜바 공연을 보러 가요. 실리아가 저녁에 와줄 수만 있다면요."

줄리아는 남편을 발견했다. 그의 책망하는 시선을 마주하자 줄리아는 죄책감에 이마가 붉어졌다.

"오, 프랭크!" 줄리아가 프랭크의 목에 매달리며 간청했다. "제발 언짢게 생각하지 말아줘. 제발 그냥 받아들여 줘. 제발 우리를 자랑스럽게 생각해줘! 생각해봐. 우리는 모두 정말 행복해. 게다가 우리가 일주일에 버는 돈을 다 합치면 100달러나 돼. 어머니도 집세에 보태라고 10달러를 주시고 나도 20달러 넘게 보탤 수 있어!"

그날 저녁 부부는 단둘이서 오랫동안 대화를 나눴다. 줄리아는 그들에게 어떤 위험이 도사렸고 얼마나 근접했는지 마침내 프랭크에게 털어놓았다.

"그리고 어머니가 벗어날 길을 보여주셨어, 프랭크. 내 이성을 되찾고 당신을 잃지 않을 길을! 어머니도 이제 아기들로 마음이 가득 차고 손이 바빠지시더니 다른 사람이 되셨어. 앨버트도 바뀐 생활을 좋아해! 당신도 알아내기 전까지만 해도 만족했잖아!"

"내 사랑, 이제 그런 건 전혀 신경 쓰지 않아! 난 내 집을 사랑하고, 내 일을 사랑하고, 어머니를 사랑하고, 당신을 사랑해. 그리고 아이들 얘기가 나와서 말인데 여섯은 가질 걸 그랬어!"

프랭크는 열정으로 상기된 줄리아의 아름다운 얼굴을 바라보다가 꼭 끌어안았다.

"그래서 모두가 그렇게나 행복해진다면." 프랭크가 말했다. "견딜 수 있을 것도 같군."

그리고 몇 년이 지나자 프랭크는 이렇게 말하고 다녔

다. "결혼하고 자식을 기르는 일은 방법만 알면 식은 죽 먹기일세!"

정숙한 여인

"정숙한 여인이 어디 있나 했더니 여기 있었네요!" 문 안으로 휙 들어가며 파리가 한 마리도 들어오지 않게 방충망을 살며시 닫는 여관 주인을 보며 젊은 외판원이 나이 든 외판원에게 말했다. 부동산업자는 저 끝도 없이 날아다니는 캘리포니아 파리 이야기는 언급한 적이 없었다.

"왜 그렇게 생각하나?" 흔히 '버독 영감'으로 알려진 버독이 물으며 꿈틀꿈틀 앞으로 몸을 내밀었다. 의자를 뒷다리 두 개로 지탱하며 끽끽 끌어당기자 의자 뒷부분이 위험할 정도로 기울었다.

"생각이라뇨!" 젊은 외판원 에이브럼슨이 아주 단호하게 말했다. "마침 알게 된 거예요. 지난 3년 동안 1년에 두 번은 여기서 묵다 보니 이 동네 사람을 많이 알거든요. 그 사람들에게 많이 팔기도 하고요."

"여기 주인이 이 마을에서 평이 좋지?" 버독이 심드렁하게 물었다. 그는 이 메인 여관에서 8년째 묵는 데다가 여관 주인인 메리 메인을 어릴 때부터 알았지만 그 얘기는 하지 않았다.

버독은 가식을 떠는 재주는 없었으나 말을 하지 않는 기술에는 조예가 깊었다.

"그렇다고 하겠어요!" 포동포동한 에이브럼슨이 주름진 조끼를 펴며 대답했다. "평이 이보다 더 좋을 수가 없죠. 여기 주인은 청구서가 쌓이도록 그냥 놔두지를 않아요. 청구하자마자 그날 바로 처리하죠. 가능하면 전부 현금으로 내고요. 여관 사업으로 돈을 두둑이 벌 텐데도 치장하는 데 돈을 쓰지 않죠. 이를 데 없이 수수해요."

"난 메인 씨가 외모가 준수하다고 생각하는데…" 버독이 부드럽게 반대했다.

"네, 외모야 준수하지요. 저는 스타일을 말한 거예요. 허세를 부리지도 않고 돈을 흥청망청 쓰지도 않으며 드레스에 공을 들이지도 않죠. 하지만 이 여관은 잘 관리해요. 전부 최상급인데 가격은 합리적이죠. 은행에 모아둔 돈도 많다고 들었어요. 딸도 하나 뒀는데 여관에서 키우지 않으려고 어디 학교에 보냈다더군요. 아주 잘 생각한 거죠."

"여자애가 왜 여관에서 크면 안 되는지 모르겠군. 저런 좋은 엄마가 있는데." 버독 씨가 주장했다.

"나 참, 잘 아시는 분이 왜 이러세요. 어찌 됐든 여자애가 여관에서 크면 구설수에 오르는 건 물론 더 심한 일도 당할 텐데 절대 안 되죠. 여자애는 조심할수록 좋다는 걸 애 엄마도 잘 아는 겁니다."

"자네가 여자를 높이 평가한다니 기쁘군. 보기 좋아." 버독은 의자에 앉아 부드럽게 앞뒤로 움직이며 한쪽 발을 앞으로 내밀어 균형을 잡았다. 크고 코가 네모지고 겉이 얇은 신발을 신어서 발 모양이 두드러져 보였다.

반면 에이브럼슨의 신발은 모양이 잡혀 있어서 들어가는 것이라면 무엇으로든 채워져 있을 것 같았다.

"좋은 여자를 높이 평가하는 거죠." 에이브럼슨이 단호하게 선언했다.

"나쁜 여자에 관해선 말을 적게 할수록 좋고요!" 그리고 에이브럼슨은 독한 담배를 뿜었다. 나쁜 여자에 안 좋은 기억이 있는 듯 보였다.

"요새는 나쁜 여자도 개과천선하곤 하잖아, 안 그래?" 버독이 조심스럽게 말했다.

에이브럼슨이 마뜩잖게 웃으며 말했다. "엎지른 물을 주워담을 순 없죠. 하지만 정숙하고 열심히 일하는 여자가 성공하는 모습을 보는 건 좋네요."

"나도 그래." 버독이 말했다. "동감이야." 그리고 두 사람은 조용히 담배를 피웠다.

여관 버스가 여관 앞에 섰다가 삐걱삐걱 후진했다. 승객 하나가 얇고 커다란 낡은 여행 가방을 들고 내렸다. 그는 나이가 지긋하고 키가 컸으며, 체격은 좋아도 자세는 좋지 않았고, 얇은 수염을 길쭉하게 길렀다. 에이브럼슨은 그 남자를 살펴보고는 물건을 살 사람도 팔 사람도 아니라고 판단하고 마음속에서 떨쳐 냈다.

반면에 버독은 남자를 살펴보더니 쿵 소리를 내며 의

자 앞다리를 내려놓았다.

"맙소사!" 버독이 나지막하게 내뱉었다.

새로 온 남자가 투숙 신청을 하러 여관 안으로 들어섰다. 버독은 담배를 하나 더 사러 들어갔다.

메리는 혼자 접수대에서 장부를 작성하고 있었다. 메리의 매끄럽고 검은 머리칼이 넓고 높으며 반듯한 이마에서 굽슬굽슬 내려왔다. 반반한 눈썹 아래에 자리한 사이가 넓고 흔들림 없는 회색 눈의 시선은 명료하고 올곧았다. 서른여덟 살 먹은 입은 꽤 단단해 보였다.

키가 큰 남자는 메리를 제대로 쳐다보지도 못하고 숙박부에 손을 뻗었으나 남자를 쳐다본 메리는 얼굴에 핏기가 짙어졌다. 남자는 자신의 이름이 대단히 중요한 것이라도 되는 양 '알렉산더 E. 메인, 오클라호마 거스리'라고 서명했다.

"볕이 잘 드는 남향 방으로 줘." 알렉산더가 말했다. "원할 때 불을 땔 수 있는 곳으로. 난 이런 기후에는 추위를 잘 타."

"항상 그랬지." 메리가 조용하게 말했다.

그러자 알렉산더가 메리를 쳐다보았다. 알렉산더의

손가락에서 떨어진 펜이 깨끗한 종이 위를 데굴데굴 구르며 차차 옅어지는 점으로 된 길을 남겼다.

버독은 담배 판매대에서 최대한 작게 몸을 웅크렸으나, 메리는 가차 없이 다가와 버독이 고른 담배를 팔고, 키가 큰 남자가 여태 쳐다보는데도 버독이 담배를 꺼낼 때까지 차분히 기다렸다.

그러고 나서야 메리는 알렉산더에게 몸을 돌렸다.

"여기 당신 열쇠야." 메리가 말했다. "조, 손님 가방 받아."

여관 일꾼 조는 낡은 여행 가방을 들고 떠났지만 키가 큰 알렉산더는 판매대에서 메리 쪽으로 몸을 기울였다.

버독은 조심히 방충망으로 된 문을 닫았다. 너무나 조심히 닫아서 여전히 말소리를 들을 수 있었다.

"맙소사, 메리! 메리! 당신을 봐야겠어." 알렉산더가 속삭였다.

"언제든 나를 볼 수 있을 거야." 메리가 조용히 대답했다. "여기가 내 사무실이니까."

"오늘 저녁!" 알렉산더가 흥분하며 말했다.

"저녁에 조용할 때 내려올게. 당신에게 할 말이 정말

많아, 메리."

"좋아." 메리가 말했다. "27번 방이야, 조." 그리고 돌아섰다.

버독은 여전히 담배에 불을 붙이지 않은 채 걸었다.

"맙소사!" 버독이 말했다. "이런 맙소사, 메리는 아주 침착하네. 저 빌어먹을 건달 자식. 때마침 내가 지나가지 않았더라면 어쨌을 뻔했어."

버독이 메리의 아버지와 처음 캔자스 시골 잡화점에서 사업을 했을 무렵, 메리 캐머런은 다리가 튼튼하고 길쭉한 소녀였다. 목장에서 나고 자란 활기차고 독립적인 아이는 아버지를 도우려고 의젓하게 칼과 명주실, 편지지, 감자를 팔았다.

메리의 아버지는 자유로운 사상가로, 많이 배우지는 못했어도 예리하고 강한 정신을 지녔고 본인만의 식견이 있는 사람이었다.

아버지는 메리가 독립적으로 생각하도록 가르쳤고 메리는 그 가르침을 따랐다. 자신의 믿음대로 행동하라는 가르침 역시 따랐으며 자유와 개인의 신성한 권리들을 숭배하라는 가르침도 따랐다.

하지만 목장이 망하고 잡화점도 망했다. 캐머런 영감의 주장은 잡화점을 찾는 한량들에게는 너무 충격적이었고, 그들은 그의 자유로운 사고방식에 아연실색한 모양이었다. 버독이 메리를 다시 봤을 때 메리는 샌프란시스코에 있는 식당에서 일하고 있었다. 메리는 버독을 조금도 기억하지 못했지만 버독은 그곳에 있는 메리의 친구를 알았고, 메리가 캘리포니아에 오게 된 이유는 오렌지와 포도 농사가 망하고 캐머런 씨가 갑작스럽게 세상을 떠나서이며, 그때부터 메리가 스스로 자기 앞가림을 해왔다는 것을 알게 됐다.

"메리는 벌써 잘 자리잡았어요. 돈도 좀 벌었고 성실하답니다." 조시가 말했다. "만나보실래요?"

"아뇨, 괜찮아요." 내성적인 버독이 말했다. "메리는 날전혀 기억하지 못할 겁니다."

1년 후 버독이 어쩌다 다시 그 식당에 갔을 때 메리는 없었고, 메리의 친구가 암울한 소식을 넌지시 알려주었다.

"메리는 유부남이랑 떠났어요!" 친구가 털어놨다. "오클라호마에서 온 메인이라는 남자예요. 치료사고 언변

이 좋죠. 메리는 여기 없어요. 어디에 있을지 모르겠네요."

버독은 안타까웠다. 메리뿐 아니라 메인이라는 남자도 알았기 때문에 굉장히 안타까웠다. 그 남자를 어디서 처음 만났더라?

신시내티에서 메인이 입이 가벼운 젊은 골상학자일 때였다. 그다음에는 세인트루이스에서 마주쳤는데 그때는 손금쟁이였고, 그다음 토피카에서 마주쳤을 때는 알렉산더 박사라는 무슨 요법사라고 했다. 알렉산더 메인 박사의 치료 분야는 상황에 따라 달라지는 모양이었다. 이후에는 뇌나 뼈를 치료했고, 이곳 샌프란시스코에서는 꽤 성공하여 강의도 하고 성(性)에 관한 책도 썼다.

분별 있고 용기 넘치는 그 메리 캐머런이 그런 남자와 어울리다니!

하지만 버독은 계속해서 전국을 돌아다녔고, 4년 후 샌디에이고에 새로 생긴 여관에 갔다가 메리를 다시 보게 됐다. 이제는 성이 메인으로 바뀐 메리는 학교에 다니는 작은 딸과 함께 차분하게 여관 일을 관장하고 있었다.

버독은 메리에게 말을 걸지도, 메리에 관한 이야기를

하지도 않았다. 메리는 열심히 자기 일을 했고, 버독은 버독의 일을 했다. 그러나 다시 신시내티에 갔을 때 버독은 알렉산더 메인의 아내와 세 자식이 상황이 어려워졌다는 소식을 어렵지 않게 들을 수 있었다.

그후 알렉산더 메인에 관해서는 지금까지는 수년째 아무 소식도 듣지 못했다.

여관으로 돌아온 버독은 사무실 측창 가까이 다가갔다. 사무실에는 아직 아무도 없었다. 담배를 피웠다가는 들킬 수 있으니 위안 삼아서 껌을 선택한 버독은 흐드러지게 늘어진 장미 덤불 그늘 밑에 접이 의자를 놓고 앉았다. 가시는 좀 있어도 몸을 가리는 데 좋았다.

"내가 상관할 일은 아니지만 제대로 알아봐야겠어." 버독이 읊조렸다.

메리는 10시 15분 전에 들어왔다. 변함없이 단정하고 수수한 차림새로 조용히 바느질감을 들고 조명 아래에 앉았다. 메리는 예쁜 옷을 많이 지었으나 직접 입은 적은 없었다.

잠시 후 메리는 하던 일을 멈추더니 억센 손을 무릎 위에 포개고 똑바로 앞을 보았다.

"메리가 보는 걸 내가 볼 수 있다면 지금 메리가 무슨 생각을 하는지 알 수 있을 텐데." 버독이 힐끔힐끔 훔쳐 보며 생각했다.

메리가 보고 있는 것은 한 여자의 삶이었다. 메리는 그 삶을 편견 한 점 없이 침착하게 살폈다.

용감하고 독립적인 소녀는 사랑하는 아버지가 쇠약해 진 것을 알았고, 스무 살이 됐을 때는 자신의 삶을 홀로 책임져야 했다. 고아가 된 삶에서 발견한 것은 주로 자유 였다.

어머니는 잘 기억나지 않았다.

사업 과정에서 만난 젊은이들의 눈에 메리는 매력적 인 여자가 아니었다. 메리는 가벼운 접근이라면 전부 차 갑게 피하며 적어도 자기 손으로 뭐라도 이루기 전까지 는 결혼하지 않으리라 단단히 마음먹었다. 메리는 열심 히 일하고, 건강을 유지하며, 돈을 모으고, 아버지가 사 랑한 '진보적인 문학'을 많이 읽었다.

그리고 메리처럼 사상을 읽고 연구한 남자가 나타났 다. 메리가 느끼는 것처럼 느끼고, 메리와 포부가 같고 메리를 '이해'하는 남자였다(이해했을 가능성이 크다. 경험이

상당히 많은 남자였으니까).

메리는 서서히 그 남자와의 교제를 즐기고 그에게 기대게 됐다. 그 남자가 자신은 너무 강하기만 한 사람이 아니라 외롭고 세상과 고투하는 자라고 밝혔을 때는 그를 도와주고 싶었고, 격렬한 확신에 차서 기어코 메리를 떠나야 하고, 메리가 그에게 인생을 바쳤으나 자신은 메리를 뿌리치고 가야 하며, 메리가 삶이자 희망이자 기쁨이긴 했으나 자신은 자유롭지 못했다고 말했을 때는 그에게 사실대로 말하기를 요구했다.

알렉산더는 슬픈 이야기를 들려주었다. 그 누구도 아닌 자신을 탓하는 듯한 이야기였으나, 메리는 그 정숙하지 못하고 알렉산더보다 나이가 많은 여자를 향한 분노로 깊고 뜨겁게 불탔다. 그 여자는 알렉산더가 미숙한 젊은이였을 때 결혼한 상대로, 그가 돈을 버는 족족 모두 빨아먹었고, 그의 생각을 꺾었으며, 삶을 견딜 수 없는 버려진 불모지로 만들었다. 알렉산더는 그 여자가 그런 짓을 했어도 아내였던 여자의 이름에 먹칠하지 않을 것이라고 말했다.

"아내에게는 증명 가능한 이혼 사유가 없어." 알렉산

더가 메리에게 말했다. "아내는 자기 손아귀에서 나를 놓아주지 않을 거야. 내가 떠났어도 날 놔주지 않을 거라고."

"자식은 있었어?" 잠시 뒤 메리가 물었다.

"어린 딸이 하나 있었는데." 알렉산더가 애처롭게 멈췄다가 말했다. "죽었어."

알렉산더는 어린 아들 셋이 그럭저럭 살아 있다는 사실은 언급할 필요가 없다고 느꼈다.

그리고 메리 캐머런은 머리가 아닌 마음으로 결정했다. 정작 머리보다 마음이 앞섰다고 비난받는다면 열렬히 부정했을 테지만.

"나는 왜 당신이 어릴 적에 어리석었다는 이유로 당신의 삶과 행복, 사회를 위한 공헌이 전부 엉망이 되고 빼앗겨야 하는지 모르겠어."

"내가 어리석었지." 알렉산더가 끙 하고 앓는 소리를 냈다. "유혹에 빠졌으니까. 다른 죄인처럼 처벌을 받아들이는 수밖에. 벗어날 방도가 없어."

"웃기는 소리." 메리가 말했다. "그 여자는 당신을 놔주지 않을 거고, 당신은 그 여자랑 살지 않을 거야. 당신은 나랑 결혼할 수도 없지만 당신이 원한다면 내가 당신 아내가 될게."

고결한 의도였다. 메리는 알렉산더의 '망가진 삶'을 상쇄하고 오랫동안 불행했던 이에게 행복을 주고자 기꺼이 모든 것을 걸었고 전부를 포기했다. 알렉산더가 그런 숭고한 이타심을 이용하지 않겠다고 맹세해도 메리는 자신이 이타심과는 거리가 멀다고 말했다. 알렉산더를 사랑해서 한 일이었으니까.

그건 사실이었다. 메리는 진심이었다.

그리고 알렉산더는? '신성한 계약'을 존중하며 이를 지키기 위해 계약을 맺었을 가능성이 충분했다.

메리는 그동안 누구보다도 알렉산더를 행복하게 해주었다.

두 사람은 메인 부부로 2년을 행복하게 살았고 그들의 관계를 진지하게 받아들였다. 그들은 작은 집에서 함께 살며 일하고 연구했고 인류의 진보를 위한 위대한 생각을 했다.

게다가 딸까지 태어나면서 두 사람은 완전한 만족감을 느꼈다.

하지만 알렉산더의 수입이 점차 줄어들었고 메리는 다시 나서서 여관에서 일해야 했다. 메리는 그 어느 때보다 능숙했고 더욱 매력적이기까지 했다.

알렉산더는 좀이 쑤셔서 일자리를 찾으러 시애틀로 갔다. 그는 긴 구직 생활 내내 편지로만 공백을 채웠다.

그다음에는… 말수가 적은 메리는 그저 손톱이 보라색과 흰색으로 변할 때까지 두 손을 꽉 움켜쥘 뿐이었다. 그다음에는 '그 편지'가 왔다.

그날 저녁 메리는 혼자 앉아 있었고 아이는 바닥에서 놀고 있었다. 낮에 아이를 봐주는 여자는 퇴근하고 없었고, 그럭저럭 세를 내는 하숙인 두 명도 나갔다. 고요하고 차분한 저녁이었다.

메리는 일주일째 편지 한 통을 못 받아서 편지가 고팠던 터였다. 편지봉투에서 알렉산더의 손이 닿았을 곳에 입을 맞추었다. 그리고 편지봉투를 손으로 꽉 쥐었다가 뺨을 가져다 댄 다음 가슴에 눌렀다. 아기가 손을 뻗으며 놀이에 끼고 싶어 했다. 메리는 아기에게 편지봉투를 건네줬다.

나는 영영 돌아오지 않아… 당신이 바로 아는 것이 낫

겠지… 강한 여자니까… 무너지지 않을 거야… 능력 있고 독립적인 여자이니… 그런 쪽으로는 걱정할 필요가 없어… 우리는 착각했던 것이고… 나는 좀 더 진실한 사랑을 찾았어… 당신은 나에게 큰 은혜였으며… 아이를 위해 돈을 좀 보태니… 잘 지내길.

메리는 아기가 울며 팔을 뻗을 때까지 앞만 응시하며 미동도 하지 않고 앉아만 있었다.

그리고 아기를 들어 올려 열정적으로 으스러지게 끌어안았다. 아기가 울음을 터뜨려서 달래줘야 했다. 메리는 냉랭한 눈빛으로 딸을 달래고 흔들어 재운 다음 작은 요람에 조심스럽게 눕혔다. 그리고 일어나서 받아들였다.

"난 망가진 여자인가 보군." 메리가 말했다.

메리는 거울로 가서 가스등을 밝히고 자신의 모습을 뚫어지게 쳐다보다가 차분하게 덧붙였다. "그렇게 보이지 않는걸!"

메리는 망가진 여자로 보이지 않았다. 키가 크고 튼튼하며 위풍당당한 체격은 행복하게 어머니가 되어 사랑이 가득한 세월을 보내며 더 부드럽고 풍요롭게 변했다. 메리가 거울에서 본 여자는 멋진 삶을 시작하는 사람처럼 보였지 나쁜 삶의 끝에 있는 사람처럼 보이지 않았다.

그날 밤 메리가 이 믿기지 않는 충격을 타개하고자 너른 어깨에 힘을 주며 어떤 생각을 했고 어떤 감정을 느꼈는지는 아무도 알지 못하리라.

차라리 알렉산더가 죽었다면 더 잘 견뎠을 것이었다. 실종됐다면 추억이라도 남았을 테지만 이제 메리에게는 슬픔도 모자라 수치심까지 남았다. 메리는 바보였다. 자신이 그렇게 경멸했던 여자들과 똑같이 단순하고, 평범하고, 고리타분한 바보였다. 그리고 지금은?

용감하고 현실적인 정신의 소유자였던 메리는 충격과 고문 같은 괴로움에 삶이 무너져 두 발로 똑바로 버티고 서기 힘들었다. 그는 원래부터 마음을 터놓고 표현하는 사람이 아니었다. 어쩌면 알렉산더는 전혀 알지 못했으리라. 메리가 얼마나 그를 사랑했는지, 메리가 얼마나 그의 삶에 자신의 삶을 의지하게 됐는지.

그때 갑자기 이런 생각이 메리를 강타했고 메리는 고개를 더 높이 들었다. "알렉산더가 왜 알아야 하지?" 메리는 혼잣말을 했다. "적어도 나에게는 아이가 있어."

그날 밤이 다 가기 전 메리는 계획을 세웠다.

처음에는 알렉산더가 보낸 돈을 찢어서 태우려고 했으나 이제는 조심스럽게 한쪽에 두었다. "아이한테 쓰라고 보낸 거잖아. 딸에게 필요하겠지."

조용한 집을 찾던 지인인 젊은 부부에게 작은 집을 전세로 내주고 가구는 팔았다. 너무 거추장스럽지 않은 상복을 사서 딸 몰리를 데리고 남쪽으로 갔다.

수많은 병약자가 뒤늦게 찾아오는 그 공평한 땅에서는, 남편을 잃고 돈도 없는 금치산자 여자가 그나마 할 줄 아는 기술로 사업을 해보려고 '집안일'이라는 격리된 은신처에서 벗어나 '하숙 일'이라는 거친 바다로 뛰어드는 모습이 보기 드물지 않았다.

메리는 아이를 생각해서 그냥저냥인 조건도 받아들이고, 오랜 경험을 발휘하여 일을 척척 해내며, 본인이 겪은 깊은 슬픔을 바탕으로 사람들에게 다정하게 공감해주다 보니 어느새 없어서는 안 될 인물이 되었다.

새 고용인이 메리에게 남편에 관해 물어보면 메리는 손수건으로 눈가를 훔치며 말했다. "남편은 떠났어요. 차마 말하기가 힘드네요."

사실이기도 했다.

메리는 1년 동안 모은 약간의 돈으로 파산한 여관 주인에게 고향으로 가는 표를 사 주었고, 여관 주인은 기꺼이 영업권을 메리에게 넘겼다.

여관에는 화난 건물주, 불만 있는 소수와 하숙비를 연체한 다수의 하숙인, 보수를 받지 못한 많은 외판원이 머무르고 있었다. 메리는 딱딱한 분위기의 여관 객실에 그가 빚을 진 이들을 불러모아 회의를 열었다.

메리는 말했다. "내가 이 여관을 샀습니다. 변변치는 않지만 사실상 마지막 한 푼까지 탈탈 털었죠. 나는 식당과 여관에서 7년을 일했고 이곳을 지금까지보다 더 잘 운영하는 방법을 압니다. 여러분은 6개월만 내게 자금을 빌려주세요. 6개월이 지나고 내가 잘 해내면 6개월을 더 빌려주세요. 그 밀린 빚은 맡아서 갚겠습니다. 내게 자금을 빌려주지 않는다면 난 여기를 떠나는 수밖에 없고, 그러면 여러분은 이 중고 가구를 강제 매각하고 남은 돈밖에 얻지 못할 테죠. 아빠 없는 이 아이를 위해 열심히 일하겠어요." 메리 옆에는 아빠 없는 아이가 있었다. 3살 남짓 되는 예쁜 아이였다.

그들은 여관을 살펴보고 메리를 살펴본 다음 가장 오

래 머무른 하숙인과 얘기를 잠깐 나누더니 메리의 제안을 받아들였다.

메리는 6개월 동안 잘 해냈고 연말에는 빚도 갚아 나갔다. 그리고 메리 메인은 이제 긴 숨을 내쉬며 현재로 돌아왔다.

사랑하는 딸 몰리는 이제 다 커서 좋은 학교에서 아주 잘 지내고 있었다. 메인 여관이 확고하게 성공한 지도 몇 년째였다. 메리는 몰리의 대학 자금도 꽤 모아두었다. 건강했고 자기 일을 좋아했으며, 마을에서 존경과 호평을 받는 인물이자 자유주의 교회, 진보적인 여자 모임, 도시 개선 협회의 유능한 구성원이었다. 메리는 평온, 안전, 평화를 거머쥐었다.

알렉산더는 조심스럽게 머뭇거리면서도 신난 발걸음으로 계단을 내려왔다.

문이 열려 있었다. 알렉산더가 들어오며 등 뒤로 조용히 문을 닫자 메리가 일어나서 문을 다시 열었다.

"저 문은 열어둬." 메리가 말했다.

"걱정하지 마. 근처에 아무도 없어."

"많지는 않지만 있지." 줏대 없는 버독이 생각했다.

메리는 조용히 다시 앉았다. 알렉산더는 메리에게 입을 맞추고 그를 끌어안고 싶어 했지만 메리는 단호한 발걸음으로 자리로 돌아가더니 알렉산더에게도 자리에 앉으라고 손짓했다.

"메인 씨, 나한테 할 얘기가 있다며. 뭐지?"

그러자 알렉산더는 전처럼 청산유수로 강하고 설득력 있는 말을 거침없이 늘어놓으며 제 마음을 꺼내 보였다.

자신이 겪은 방황, 고난, 반복된 실패에 관한 이야기를 들려주었고 최근에 치명적인 실수를 저질러 어려움에 허덕거린다고 말했다.

"다 내가 자초한 일이지." 알렉산더가 씩 웃더니 고개를 쳐들었다. 한때는 설득력 있던 몸짓이었다. "내게 닥친 일들은 다 내 자업자득이야. 한때 당신을 가졌으면서도 한 치 앞을 못 보고 멍청이처럼 당신 손을 놓아버렸으니까! 그때는 그래야 했어, 메리, 어쩔 수 없었어."

알렉산더는 그 세월에 무슨 일이 있었는지는 별로 말하지 않고, 그 세월에 슬픔을 낭비했다고만 잔뜩 늘어놨다.

"이제는 사업도 더 잘돼." 알렉산더가 말했다. "거스리에 사무실도 차렸지. 다만 몸이 안 좋으니 한동안이라

도 기후가 더 따뜻한 곳에서 지내야 한다는 권고를 받았
어."

메리는 명료하고 흔들림 없는 눈으로 쳐다보기만 할
뿐 아무런 말도 하지 않았다. 알렉산더가 정말 낯설고 매
력 없는 사람으로 보였다. 그의 존재와 손길에 심장이 펄
쩍 뛰던 것이 생생한데 이제 그 떨림은 다 어디로 간 것
인가?

"나와 말도 안 할 건가, 메리?"

"할 얘기 없어."

"날 용서해줄 수는 없어?"

메리는 몸을 앞으로 숙이며 이마를 손에 떨궜다. 알렉
산더는 숨도 쉬지 못하고 기다렸다. 그는 메리가 마음속
으로 고심하는 줄 알았다.

사실 메리는 알렉산더와 함께했던 삶을 떠올리면서
그가 한 말에 비추어 앞으로의 가능성을 가늠하고, 자신
이 살아온 삶과 비교하고 있었다. 메리는 고개를 들어 알
렉산더의 눈을 똑바로 바라보았다.

"용서할 것도 없어." 메리가 말했다.

"당신은 정말 너그럽고 숭고한 사람이야!" 알렉산더가

외쳤다. "그리고 나는 말이지, 난 이제 내 청춘의 짐을 벗었어. 첫 아내도 죽은 지 몇 년은 돼서 이제 자유의 몸이거든. 내 진정한 아내는 당신이야, 메리. 당신이 내 진실하고 사랑스러운 아내지. 이제 당신에게 법적으로 제대로 결혼식을 올리자고 청할 수 있어."

"원하지 않아." 메리가 대답했다.

"당신이 원하는 대로 하자고." 알렉산더가 말을 이었다. "하지만 아이를 위해서라도 정식으로 아버지가 되고 싶어."

"당신은 그 애 아버지야. 그건 어떻게 할 수 없지."

"하지만 내 성을 물려주고 싶은걸."

"당신 성을 물려받았어. 내가 줬지."

"당신은 정말 멋진 여자야! 하지만 이제 당신에게도 내 성을 줄 수 있어."

"당신 성이라면 이미 가졌어. 내 양심에 따르면 당신과 결혼한 이후부터 줄곧 당신 성이 내 성이었지."

"하지만, 하지만 당신은 내 성을 가질 법적 권리가 없어, 메리."

메리는 미소를 지었다. 심지어는 웃음까지 터뜨렸다.

"법을 좀 알아보지 그래, 메인 씨. 난 그 성을 12년이나 썼고 공개적으로 떳떳하게 그 성으로 알려졌어. 법적으로 내 성이 맞아."

"하지만 메리, 나는 당신을 돕고 싶은걸."

"고맙지만 필요 없어."

"그래도 내 아이, 우리 아이를 위해 돕고 싶다고!"

"그렇다면 도와." 메리가 말했다. "딸을 대학까지 보내고 싶으니까 원한다면 도와도 돼. 몰리가 아버지에 대해 훌륭하고 좋은 추억을 쌓을 수 있다면 아주 기쁠 거야."

메리가 갑자기 일어섰다. "이제 와서 나와 결혼하고 싶어, 메인 씨?"

"내 온 마음을 바쳐 결혼하고 싶어, 메리. 그래 주겠어?"

알렉산더가 일어나 메리에게 팔을 뻗었다.

"아니." 메리가 말했다. "안 해. 스물네 살의 난 당신을 사랑하고 동정했어. 기꺼이 당신의 진정하고 충실한 아내가 되고 싶었지. 비록 당신이 나와 법적으로 결혼할 수 없다고 하더라도 그때는 당신을 사랑했기 때문에 결혼하고 싶었지만, 지금의 난 당신을 사랑하지 않으니까 당신과 결혼하지 않겠어. 그게 다야."

알렉산더는 조용하고 편안한 방 주위를 흘끗거렸다. 조용히 넉넉한 돈을 벌어들이는 사업에 대한 평가는 진작 끝냈다. 그리고 지금, 벌집 같은 알렉산더의 마음속 잊었던 방 하나에서 이 침착하고 강하며 다정한, 그가 잘 아는 사랑의 힘을 지닌 여자를 향한 열렬한 갈망이 솟아났다.

"메리! 내게 등 돌리지 마! 당신을 사랑해. 그 어느 때보다도 당신을 사랑한다고!"

"유감이네." 메리가 말했다. "그런다고 당신을 다시 사랑하는 일은 없어."

알렉산더의 얼굴이 어두워졌다.

"제발 날 절망으로 몰고 가지 마." 알렉산더가 외쳤다. "이곳에서 당신의 삶은 전부 거짓말에 기초한다는 것 기억하지? 난 말 한마디로 당신 삶을 무너뜨릴 수 있어."

메리는 침착하게 미소를 지었다.

"사실을 무너뜨릴 순 없어, 메인 씨. 여기 사람들은 당신이 수년 전에 날 떠난 걸 알고 그때부터 내가 어떻게 살았는지도 알아. 당신이 이곳에서의 내 명성에 먹칠하

려 든다면 멕시코 기후가 당신에게 더 잘 맞는다는 걸 알
게 될 거야."

다시 생각해보니, 멕시코 이야기는 지금은 그 나라로
떠나고 없는 알렉산더의 의견이었던 것 같았다.

몸이 좀 식고 여기저기 긁힌 채 나중에 나타난 버독도
그 의견에 동의했다. 그리고 자신의 방을 찾아갔다.

"그 얼빠진 놈이 이 동네에서 메리를 두고 안 좋은 소
리를 한 번이라도 뻥긋하기만 해봐. 멕시코보다 더 뜨거
운 곳으로 보내버릴 줄 알아, 젠장!" 버독은 부츠를 가만
히 내려놓으며 소리쳤다. 그 일에 관해 버독이 한 말이라
곤 그뿐이다.

전화위복

부드러운 카펫과 두툼한 커튼이 있는 가구로 가득한 방에서, 매로너 부인이 크고 푹신한 침대에 누워 흐느끼고 있었다.

매로너 부인은 절망하여 숨이 넘어갈 것처럼 비통하게 펑펑 울었다. 어깨는 바들바들 떨려서 들썩댔고 양손은 꽉 움켜쥐었다. 정교한 드레스와 더 정교한 침대보 따위는 잊었고, 체면이며 자제력이며 자존심도 잊었다. 마음속에는 믿을 수 없는 압도적인 공포, 헤아릴 수 없는 상실감, 거칠게 퍼덕거리는 감정 덩어리만 남았다.

조용하고 고상한 보스턴인으로 살았던 매로너 부인은 한꺼번에 이렇게 많은 감정이 격렬하게 마음을 짓밟는 일이 가능하리라고 꿈에도 상상해본 적 없었다.

감정을 생각으로 식히고 언어로 굳히며 자신을 통제하려고 했지만 할 수 없었다. 요크 비치의 큰 파도에 잠겼던 끔찍한 순간이 마음속에 희미하게 떠올랐다. 물속에서 수영하다가 밖으로 올라오지 못했던 유년 시절 어느 여름날이.

카펫도 안 깔고 얇디얇은 커튼을 친 가구도 별로 없는 꼭대기 층 방에서, 예르타 페테르센은 좁고 딱딱한 침대에 누워 흐느꼈다.

예르타는 주인인 매로너 부인보다 덩치가 큰 건장한 여자였지만, 위풍당당하고 젊은 예르타는 이제 무너져 고통으로 경련하며 눈물에 녹아내렸다. 그는 눈물을 다스리려는 시도조차 하지 않고 두 사람 몫을 울었다.

매로너 부인이 더 길고 어쩌면 더 깊은 사랑의 파멸에 더 괴로워하며 예르타보다 취향이 더 섬세하고 이상이 더 고결하며 쓰디쓴 질투와 짓밟힌 자존심의 고통을 견뎠다면, 예르타는 개인적인 수치심과 암담한 미래, 비합

리적인 공포로 그를 채우는 닥쳐오는 현실과 마주해야
했다.

빈틈없이 질서정연한 집에 온순한 어린 여신처럼 들어
온 예르타는 강하고 아름답고 친절하고 매우 고분고분하
면서도 무지하고 철이 없었다. 열여덟 살 소녀다웠다.

사실 매로너 씨는 예르타에게 감탄했고 그의 아내도
마찬가지였다. 부부는 오랫동안 그랬듯이 확신에 차서
눈에 보이는 예르타의 완벽함과 한계에 관해 이야기를
나눴다. 매로너 부인은 질투심이 많은 여자가 아니었고,
지금까지는 살면서 한 번도 질투한 적이 없었다.

예르타는 부부의 집에 살면서 그들의 방식을 익혔다.
부부 모두 예르타를 좋아했고 심지어 요리사도 그 아이
를 좋아했다. 예르타는 뭐든 '기꺼이' 했고 유별나게 가
르침을 잘 따르며 성격도 유연했다. 매로너 부인은 일찍
부터 남을 가르치는 버릇이 있어서 예르타를 조금이라
도 교육하려고 했다.

"이렇게 고분고분한 사람은 처음이야."라고 매로너 부
인은 자주 말했다. "하인으로는 완벽한 자질이지만 성격
에 결함이 있다고 할 수 있지. 너무 무력하고 잘 믿어."

◆

예르타는 딱 그런 사람이었다. 키가 크고 장밋빛 뺨을 지닌, 겉은 성숙한 어른이지만 속은 무력한 아기였다. 땋아 내린 풍성한 금발에 우중충한 파란 눈, 떡 벌어진 어깨와 길고 단단한 팔다리는 원시 대지의 영혼처럼 보였지만, 알고 보면 그저 아이의 약점을 지닌 무지한 아이일 뿐이었다.

매로너 씨는 회사 일로 해외 출장을 가게 되자, 아내와 떨어지는 게 싫어 마지못해하면서도 예르타에게 그를 맡겨서 안심된다고 말했다. 그 애가 잘 돌봐줄 테니까.

"말 잘 듣고 있어야 한다, 예르타." 매로너 씨는 떠나는 날 아침 식사 자리에서 예르타에게 말했다. "네게 내 아내를 맡기고 갈 테니 잘 모셔야 해. 난 늦어도 한 달 안에는 돌아올 거다."

그다음에 아내에게 돌아서서 미소를 지으며 말했다. "당신도 예르타를 잘 돌봐줘야 해. 내가 돌아올 때면 예르타를 대학에 보낼 준비가 되어 있겠지."

그렇게 7개월이 지났다. 매로너 씨는 일 때문에 매주, 매달 귀환이 미뤄졌다. 그는 아내에게 자주 사랑을 담아 길게 편지를 써서 보냈다. 늦어지게 되어 아주 아쉽지만,

꼭 필요한 일이며 덕분에 얼마나 이익을 얻을지 설명하고는, 능력이 다양할 뿐만 아니라 사고방식이 열려있고 균형 잡혔으며 관심사가 다양한 아내를 두어서 자랑스럽다고 했다.

"내가 약관 같은 데 명시된 천재지변 때문에 당신의 인생 계획에서 사라지게 된다고 해도, 당신이 완전히 무너질 것 같지는 않아." 매로너 씨가 말했다. "그게 아주 위안이 돼. 당신의 삶은 정말 다채롭고 폭넓어서 손실 하나로, 그것이 제아무리 대단할지언정 당신을 온전히 망가뜨릴 수 없지. 하지만 내가 돌아가지 못할 가능성은 별로 없고 3주 안에는 집에 돌아갈 거야. 이번 일만 해결된다면. 당신은 눈이 초롱초롱 빛나고 뺨은 발갛게 물들어서 정말 사랑스러운 모습이겠지. 내가 잘 알고 사랑하는 바로 그 모습이지… 사랑하는 내 아내! 우리 또 밀월을 즐겨야겠군. 달도 매월 뜨는데 밀월이라고 또 즐기지 말란 법이 있겠어?"

매로너 씨는 '꼬마 예르타'의 안부를 자주 물었다. 예르타에게 보내는 그림엽서를 동봉하며 '그 아이'를 교육하려는 아내의 힘겨운 노력이 참 사랑스럽고 즐거우며 현명한 일이라고 농담하기도 했다. 그런 모든 기억이 매로너 부인의 마음속에 빠르게 스쳐 지나가는 동안 부인은 누워서 한 손으로는 가장자리에 헴스티치 자수를 놓은 고급 리넨 침대보를 비틀어 구기고, 다른 한 손으로는 눈물 젖은 손수건을 꽉 움켜쥐었다.

매로너 부인은 예르타를 가르치려고 노력해왔고, 참을성 있고 천성이 착한 그 아이에게 정이 들었다. 비록 아둔하긴 했지만.

예르타는 손이 빠르지는 않아도 일하는 머리가 있어서 매주 소액 장부 정도는 맡길 수 있었다. 하지만 박사 학위가 있고 대학 교직에 근무했던 매로너 부인에게 예르타를 챙기는 일은 아기를 돌보는 일 같았다.

부인은 자기 자식이 없어서 이 몸만 큰 어린애를 사랑하게 됐을지도 몰랐다. 나이 차이라고는 고작 열다섯 살밖에 나지 않지만.

물론 예르타의 눈에 부인은 꽤 나이 들어 보였다. 그의 어린 마음에는 이 낯선 땅이 편안하게 느껴지도록 인내심 있게 보살펴준 부인을 향한 감사와 애정이 가득했다.

그러다 매로너 부인은 예르타의 밝은 얼굴에 드리운

그림자를 발견했다. 예르타는 초조하고 안절부절못하며 걱정이 있는 것처럼 보였다. 종이 울릴 때면 화들짝 놀라는 듯하더니 허겁지겁 문으로 달려가지를 않나, 늘 칭찬하는 상인들과 지하 출입문에 서서 얘기하는 동안에도 더는 크고 솔직하게 웃음을 터뜨리지도 않았다.

매로너 부인은 예르타에게 남자들과 어울릴 때 주의하라고 가르치느라 오랜 시간 애를 썼기에 드디어 자신의 가르침이 효과가 있었다고 생각하여 우쭐해졌다. 예르타가 향수병에 걸린 것일까 의심하기도 했지만 예르타는 부정했고, 어디가 아픈 것인가 하는 의심도 부정했다. 마침내 부인은 부정할 수 없는 일을 의심했다.

부인은 오랫동안 믿기를 거부하며 기다렸다. 이윽고 믿을 수밖에 없는 상황이 되었지만 인내하고 이해해야 한다고 자신을 다스렸다.

"딱한 녀석이야." 부인이 말했다. "엄마도 없이 이곳에 왔잖아. 정말 아둔하고 고분고분한 아이니 너무 엄하게 대하지 말자." 부인은 예르타에게 지혜롭고 다정한 말을 쏟아부어서 신뢰를 얻으려고 노력했다.

하지만 예르타는 눈물을 흘리며 부인의 발치에 와락

몸을 던지더니 자신을 돌려보내지 말아달라 간곡히 빌었다. 아무것도 인정하지도, 설명하지도 않겠지만 목숨이 다할 때까지 부인을 위해 일하겠노라 미친 듯이 맹세했다. 매로너 부인이 자신을 곁에 두기만 한다면.

매로너 부인은 마음속으로 이 문제를 조심스럽게 곱씹으며, 일단 당분간은 예르타를 곁에 둬야겠다고 생각했다. 진심으로 도우려고 했던 아이의 배은망덕함에 느낀 배신감과, 그런 나약함에 항상 느끼던 차갑고 경멸 서린 분노를 억누르려고 했다.

'이제 할 일은,' 부인은 속으로 생각했다. '예르타가 이 일을 무사히 지나게 하는 거야. 불가피한 경우가 아닌 이상 그 애의 삶이 위험해져서는 안 돼. 블리트 박사님에게 여쭤봐야겠어. 여자 의사가 있어서 얼마나 든든한지! 이 가엾고 멍청한 것 옆에 있어 주다가 상황이 종료되면 어떻게 해서든 아기랑 스웨덴으로 돌려보내야겠어. 어째서 원하지 않는 사람에겐 애가 생기는데 원하는 사람에게는 안 생기나 몰라!' 조용하고 널찍하며 아름다운 공간에 홀로 앉은 부인은 예르타가 부러울 지경이었다. 그리고 편지가 쇄도했다.

매로너 부인은 바람을 꼭 쐬어야 한다며 저녁 무렵에 예르타를 내보냈다. 저녁 우편이 배달되어 부인이 직접 받았다. 한 통은 부인 앞으로 온 남편의 편지였다. 부인이 잘 아는 소인과 도장이었고 타자를 친 방식도 익숙했다. 부인은 어두운 복도에서 충동적으로 편지에 입을 맞췄다. 부인이 남편의 편지에 입을 맞추리라곤 아무도 예상하지 못하겠지만, 그는 종종 그러고는 했다.

매로너 부인은 다른 우편물을 훑어보았다. 예르타 앞으로 온 편지가 한 통 있었는데 발신지가 스웨덴이 아니었다. 부인 앞으로 온 편지와 똑같아 보였다. 부인은 좀 이상하다고 생각했지만 매로너 씨가 예르타에게 짧은 편지나 카드를 보낸 적이 여러 번 있긴 했다. 부인은 그 편지는 복도 탁자에 두고 본인 앞으로 온 편지만 챙겨서 방으로 갔다.

'내 가엾은 아이.' 편지는 그렇게 시작했다. 부인이 보낸 어떤 편지가 슬펐기에 이런 말을 적었는가? '네가 보낸 소식에 몹시 걱정되는구나.' 부인이 쓴 소식 중에 무엇이 걱정된다는 것인가? '씩씩하게 견뎌야 한다, 얘야. 조만간 집에 돌아가서 널 돌봐줄 테니까. 당장에 걱정해야 할 일이 없기를 바란다. 설마하니 그런 일이 있으려고. 혹시 필요할지 모르니 돈을 동봉하마. 늦어도 한 달 안에는 집에 도착할 것 같구나. 떠나야 한다면 꼭 내 회사에 주소를 남기는 것 명심하고. 힘내고 용기를 잃지 마라. 내가 돌봐줄 테니.'

편지를 타자로 친 데는 이상한 구석이 없었지만 서명이 없다는 점은 이상했다. 편지에는 미국 화폐로 50달러가 들어 있었다. 부인이 남편에게 받았던 편지와 조금도 비슷하지 않았고 남편이 쓸 법한 편지도 아니었다. 하지만 기묘하고 차가운 감정이 엄습했다. 홍수가 점차 집을 집어삼키는 것처럼.

매로너 부인은 마음속으로 억지로 꾸역꾸역 비집고 들어오는 생각들을 인정하길 완강하게 거부했으나 결국 거부하던 생각들의 압력을 이기지 못하고 아래층으로 내려가 다른 편지를 가져왔다. 예르타 앞으로 온 편지를. 부인은 두 편지를 탁자의 어둡고 매끈한 부분 위에 나란히 내려놓고는 성큼성큼 피아노로 가서 예르타가 돌아올 때까지 한 음 한 음 정확하게 연주하며 생각을 떨쳐내려 했다. 예르타가 오자 매로너 부인은 조용히 일어나서 탁자로 갔다.

"여기 네게 온 편지다." 부인이 말했다.

예르타는 기대하며 다가오다가 편지 두 통이 같이 놓인 것을 보고는 주저주저하며 주인을 쳐다보았다.

"네 편지 받아, 예르타. 열어보렴."

예르타는 두려워하는 눈으로 부인을 올려다보았다.

"자, 읽어." 매로너 부인이 말했다.

"사모님, 안 돼요! 읽으라고 하지 말아주세요!"

"왜 안 되지?"

당장은 읽으면 안 될 이유가 없어 보여서 예르타는 더욱 얼굴을 붉히며 편지를 열었다. 긴 편지였다. 예르타가 어리둥절해하는 것이 뻔히 보였다. 편지는 '사랑하는 아내에게'로 시작했다. 예르타는 천천히 읽었다.

"그게 네 편지가 맞니?" 매로너 부인이 물었다. "이게 네 편지 아니야? 저 편지는 내 거고."

부인이 다른 편지를 예르타에게 내밀었다.

"착오가 있었다." 매로너 부인이 딱딱하고 조용하게 말을 이었다. 부인은 어떻게 된 일인지 사교적인 태도도 상황에 적절하게 대응하는 예리한 감각도 잃었다. 이것은 삶이 아니라 악몽이었다.

"모르겠니? 네 편지는 내 봉투에 들어 있었고 내 편지는 네 봉투에 들어 있었던 거야. 이제야 이해가 가는구나."

하지만 가엾은 예르타는 마음에 여유도 없었고 고통이 닥쳤을 때 흐트러지지 않도록 단련한 힘도 없었다. 저항할 수 없는 압도적인 고통이 예르타를 휩쓸었다. 예르타는 분노를 예상하며 움츠러들었고, 어딘가 숨은 동굴에서 그 분노가 피어올라 창백한 불꽃 속으로 그를 집어삼켰다.

"가서 짐 싸라." 매로너 부인이 말했다. "오늘 밤 내 집에서 나가. 여기 네 돈이다."

부인은 한 달 치 급여와 함께 50달러를 내려놓았다. 예르타가 괴로워하는 눈으로 바닥에 눈물을 뚝뚝 흘려도 동정하는 기색을 조금도 내비치지 않았다.

"네 방에 가서 짐 싸." 매로너 부인이 말하자 언제나 말을 잘 듣는 예르타는 방으로 갔다.

그리고 매로너 부인은 본인의 방으로 가서 침대에 누워 얼굴을 파묻은 채 시간을 세지도 않고 하염없이 흘려보냈다.

하지만 결혼하기 전 28년 동안 받은 교육과, 학생으로서 그리고 교사로서 보낸 대학 생활, 직접 이룬 독립적 성장이 부인의 마음속에 예르타의 마음속과는 아주 다르게 슬픔에 대처하는 배경을 형성했다.

잠시 후 매로너 부인이 일어섰다. 부인은 뜨거운 물에 목욕하고 찬물로 샤워하며 몸을 박박 문질러 닦았다.

"이제 생각을 할 수 있겠어." 부인이 말했다.

제일 먼저 부인은 예르타에게 당장 나가라고 말한 것을 후회했다. 그는 예르타가 시킨 대로 했는지 위층으로 보러 갔다. 가엾은 예르타! 그 아이를 휩쓸던 고통의 폭풍이 마침내 사그라들고 예르타는 제풀에 지쳐 잠이 들었다. 베개는 축축하게 젖었고, 입술은 여전히 슬픔에 잠겼으며, 이따금 커다란 흐느낌이 바르르 떨려 나왔다.

매로너 부인은 우두커니 서서 예르타를 바라보며 그의 얼굴에 드러난 어쩔 수 없는 사랑스러움과, 무방비하고 미성숙한 성격을 생각했다. 예르타는 온순하고 고분고분한 경향이 있어서 더욱 매력적이었고 그래서 너무나 쉽게 피해자가 됐다. 부인은 예르타를 휩쓴 막대한 힘과, 이제 서서히 사그라드는 거대한 과정, 그가 했던 저항이 얼마나 가련하고 소용이 없었을지를 생각했다.

부인은 조용히 자신의 방으로 돌아가 작은 불을 피우고 그 근처에 앉았다. 생각을 무시했던 것처럼 이제는 감정을 무시했다.

여기 두 여자와 한 남자가 있었다. 한 여자는 그 남자의 아내로, 상냥하고 잘 믿고 다정하다. 다른 여자는 하인으로, 상냥하고 잘 믿고 다정하며, 어린 이주자이고, 부부에게 의존하며 어떤 호의에도 감사해하고, 훈련도 교육도 받지 못하고 자랐으며 철이 없다. 물론 예르타는 당연히 유혹에 저항해야 했다. 하지만 매로너 부인은 유혹이 우정의 탈을 쓴 데다가 예상하지 못한 사람으로부터 다가오면 얼마나 알아보기 힘든지 알 만큼 현명했다.

그 유혹을 시도한 사람이 식료품점 직원이었다면 예르타는 더 잘 거부했을 것이고, 실제로도 매로너 부인의 조언을 따라 여러 번 거부했다. 하지만 예르타가 존중해야 하는 상대였다면 어떻게 따질 수 있었겠는가? 순종해야 하는 대상이었다면, 무지가 눈을 가리는데 어떻게 너무 늦기 전에 거부할 수 있었겠는가?

매로너 부인은 더 나이가 많고 현명한 여자로서 예르타의 나쁜 짓을 이해하고 봐주려고 애썼고, 그 아이의 미래가 망가질 것을 생각하자, 강하고 확실하며 압도적인 새로운 감정이 피어올랐다. 바로 이런 짓을 저지른 남자를 비난하는 감정이었다. 그 남자는 알았다. 이해했다. 자신의 행동이 어떤 결과를 초래할지 충분히 예측하고 판단할 수 있었다. 순수함과 무지함, 고마움이 담긴 애정, 고분고분한 습성을 잘 알아보고 일부러 이용한 것이다.

매로너 부인의 지적 이해가 싸늘한 정점에 다다랐다. 부인을 몇 시간이나 괴롭히던 미칠듯한 고통은 확실하게 사라지고 없었다. 매로너 씨는 자기 아내인 매로너 부인과 한 지붕 아래에 살면서 이런 짓을 저질렀다. 그는 사실 예르타를 사랑하지도 않았으면서 아내와 결별하지도 않고 새로 장가를 들지도 않았다. 그랬다면 부인은 그저 마음이 아프고 말았을 터였다.

이것은 다른 문제였다.

조심스럽게 감추느라 서명도 안 한 끔찍하고 냉정한 그 편지, 그리고 수표보다 훨씬 안전하기에 동봉한 현금

다발에서 애정 따위는 찾아볼 수 없었다. 어떤 남자는 두 여자를 동시에 사랑할 수 있다지만 이건 사랑이 아니었다.

매로너 부인은 아내인 자신의 처지가 딱하고 화가 났다가 이제는 불현듯 예르타의 처지가 안쓰럽고 화가 났다. 그 찬란하며 맑고 젊은 아름다움과, 결혼해서 어머니로 사는 행복한 삶을 향한 희망, 심지어는 고결한 자립까지, 이 모든 가치는 그 남자에게 아무것도 아니었다. 그는 자신의 쾌락을 좇으려고 예르타의 삶에서 최고의 기쁨들을 빼앗는 걸 택했다.

남편은 '잘 돌봐주겠다'고 편지에 적었다. 어떻게? 무슨 자격으로?

그리고 그때 새로운 홍수가 밀려와 매로너 부인이 그 인간의 아내인 자기 자신과 피해자인 예르타에게 느끼는 감정을 모두 쏠어냈고 부인은 그 기세에 떠밀려 하릴없이 일어섰다. 그는 고개를 높이 들고 걸었다. "이건 남자가 여자에게 저지른 죄야." 그가 말했다. "여성을 향한 공격이고 어머니를 향한 범죄이며 아이를 향한 범죄라고."

매로너 부인은 생각을 멈췄다.

아이. 그 남자의 아이였다. 이 아이 역시 그 남자 때문에 희생하고, 상처 받고, 수모를 겪게 되었다.

몇 주 후 매로너 씨가 집으로 돌아왔다. 편지를 보내자마자 둘 중 누구에게도 답장을 기대하기 어려울 정도로 곧바로 출발했다. 분명 전보를 보냈는데도 부두에는 아내의 모습이 코빼기도 보이지 않았고 집은 어두컴컴하고 닫혀 있었다. 그는 현관 열쇠로 문을 열고 들어간 다음 살금살금 위층으로 조심스럽게 올라갔다. 아내를 놀라게 해줄 생각이었다.

위층에도 아내는 없었다.

종을 울렸다. 대답하는 하인도 없었다.

조명을 켜고 또 켜며 집 안을 샅샅이 뒤졌다. 모든 곳이 텅텅 비어 있었다. 부엌은 깨끗하고 황량하며 매정한 기운이 감돌았다. 그는 부엌을 나와 천천히 계단을 올랐다. 망연자실한 채…. 온 집안이 깨끗했고 완벽하게 정리됐으며 전부 비어 있었다.

매로너 씨는 하나만큼은 확신했다. 부인이 눈치챘음을.

하지만 정말일까? 지나친 추측은 금물이다. 어쩌면 아내가 아팠는지도 몰랐다. 죽었을 수도 있었다. 매로너 씨는 벌떡 일어섰다. 아니, 그랬다면 전보를 쳤으리라. 다시 앉았다.

그런 갑작스러운 변화가 있어서 매로너 씨에게 알려주고 싶었다면 부인이 편지를 썼을 터였다. 어쩌면 아내가 편지를 이미 보냈는데, 매로너 씨가 너무 갑자기 돌아온 바람에 편지를 놓친 것일지도 몰랐다. 그렇게 생각하니 살짝 위로가 됐다. 그런 게 틀림없다. 매로너 씨는 전화기 앞에 섰다가 다시 망설였다. 아내가 눈치채서 한마디 말도 하지 않고 감쪽같이 떠났다면, 친구들과 가족에게 그 사실을 알려야 하는가?

매로너 씨는 서성거렸다. 편지라든가 어떤 설명을 찾아서 사방을 뒤지다가, 전화기 앞에 서서 멈추기를 번번이 반복했다. "내 아내가 어디 있는지 아십니까?"라고 차마 물어볼 수는 없었다.

조화롭고 아름다운 방들을 보니 어리석고 무력하게 생각이 흘렀다. 머릿속에 죽은 아내의 얼굴에 떠오른 싸늘한 미소가 아른거렸다. 매로너 씨는 조명을 껐다가 어둠을 견디지 못하고 전부 다시 켰다.

긴 밤이었다. 아침이 되자 매로너 씨는 일찍 출근했다. 쌓인 우편물 중에 아내가 보낸 편지는 없었다. 평소와 다른 점을 눈치챈 사람은 아무도 없는 것 같았다. 친구 하나가 매로너 씨에게 "부인이 자네를 봐서 많이 기뻐하지?"라고 묻자 매로너 씨는 어물쩍거리며 대답을 넘겼다.

11시쯤에는 한 남자가 매로너 씨를 보러 왔다. 존 힐이라는 매로너 부인의 변호사이자 사촌이었다. 매로너 씨가 좋아한 적이 없던 자였다. 지금은 더욱 싫었다. 힐이 편지를 건네며 이렇게 말하기만 했기 때문이었다. "자네에게 개인적으로 전해달라는 요청을 받았네." 그리고 역겨운 것을 죽이라는 요청을 받기라도 한 얼굴을 한 채 돌아갔다.

"난 떠났어. 예르타는 내가 돌볼게. 잘 있어. 매리언."

그게 전부였다. 날짜도, 주소도, 소인도 없었다. 아무것도 없이 그것이 다였다.

매로너 씨는 긴장하고 걱정하느라 예르타를 새까맣게 잊고 있었다. 예르타의 이름이 그의 마음에 분노를 지폈다.

예르타가 자신과 아내 사이를 갈라놓았다. 예르타가 아내를 빼앗아간 것이다. 매로너 씨는 그렇게 느꼈다.

처음에 매로너 씨는 어떤 말도 행동도 하지 않았다. 혼자 살면서 내키는 곳에서 식사를 했다. 사람들이 아내에 관해 물으면 건강 때문에 여행을 떠났다고 답했다. 신문에 사람을 찾는 광고는 내지 않을 작정이었다.

그러다 시간이 흘러도 어떤 묘책도 떠오르지 않자, 매로너 씨는 더는 참지 않기로 하고 탐정들을 고용했다. 탐정들은 매로너 씨가 더 일찍 행방을 조사하라고 하지 않았다고 탓하긴 했으나, 작업에 착수했고 극비에 부칠 것을 권했다.

매로너 씨에게 막막한 벽 같았던 수수께끼에 탐정들은 조금도 당황하지 않는 것 같았다. 그들은 매로너 부인의 과거를 철저하게 조사했고 그가 연구하고 가르친 장소와 전공, 소유한 돈이 조금 있었다는 사실, 주치의가 조세핀 L. 블리트 의학박사였다는 점 외에도 많은 정보를 찾아냈다.

오랫동안 철저하게 조사한 결과, 탐정들은 마침내 부

인이 예전 교수 밑에서 교직 생활을 다시 시작했고 조용하게 살며, 듣자 하니 하숙인을 들였다고 매로너 씨에게 보고했다. 그들은 매로너 부인이 사는 동네의 주소를 넘겨주었다. 그다지 수고스러운 일도 아니었다는 태도로.

매로너 씨가 귀국했을 때는 이른 봄이었고, 부인을 찾기 전에 가을이 되었다.

언덕에 있는 조용한 대학가의 넓고 그늘진 도로의 잔디밭 주위에 나무와 꽃을 심은 예쁜 집 한 채가 서 있었다. 매로너 씨가 손에 든 주소에 적힌 숫자대로라면 저 하얀 문 달린 집이 확실했다. 그는 곧게 뻗은 자갈길을 지나 종을 울렸다. 나이가 지긋한 하인이 문을 열었다.

"매로너 부인이 여기 삽니까?"

"아니요."

"여기가 28번지 아닌가요?"

"맞습니다."

"그럼 여기에는 누가 삽니까?"

"휠링 씨께서 사시지요."

'아, 결혼하기 전 이름이군.' 들은 적은 있었지만 잊고 있었다. 매로너 씨는 안으로 들어가며 말했다. "만나고 싶습니다만."

매로너 씨는 조용하고 서늘한 객실로 안내받았다. 실내는 달콤한 꽃향기로 그윽했는데, 부인이 언제나 가장 좋아했던 꽃들이었다. 매로너 씨는 눈에 눈물이 고일 것 같았다. 부부가 행복했던 그 시절이 마음속에 다시 떠올랐다. 아름다웠던 그들의 처음과 부인이 정말 자신의 여자가 되기 전 뜨겁게 갈망했던 나날들, 부인의 깊고 고요하며 아름다운 사랑이.

분명 용서해주겠지. 반드시 용서해주어야 했다. 매로너 씨는 자신을 낮출 것이었다. 진심으로 후회한다고 말하고 새사람이 되겠다는 확고한 결심을 보여줄 작정이었다.

넓은 문간으로 두 여자가 다가왔다. 그중 하나는 품에 아기를 안고 있었는데, 키가 큰 성모 마리아 같았다.

매리언은 침착하고 차분하며, 얼음처럼 냉담했다. 내면의 긴장을 드러내듯 창백한 기색만 언뜻 보였다.

아이를 보루 삼아 안은 예르타는 얼굴에 새로운 지혜가 깃들어 있었다. 그는 사랑스러운 파란 눈으로 친구 매리언만 바라보았다. 매로너 씨가 아니라.

매로너 씨는 멍청하게 두 여자를 번갈아서 쳐다보았다.

매로너 씨의 아내였던 여자가 조용히 물었다.

"우리에게 할 말이 뭐지?"

과부의 힘

제임스는 장례식에 왔으나 그의 아내는 오지 않았다. 아이들을 두고 올 수 없어서라고 했다. 제임스 말로는 그랬다. 사실 제임스의 아내는 개인적으로 그에게 가지 않겠다고 말했다. 뉴욕을 떠나기가 기꺼운 적이 없었다. 유럽 여행이나 여름 휴가를 가는 것이라면 또 모를까. 하물며 장례식에 참석하러 11월에 덴버에 가는 것은 전혀 가능성 없는 일이었다.

엘런과 애들레이드 두 사람 모두 참석했다. 의무라고 생각해서였다. 하지만 두 사람의 남편은 아무도 오지 않았다. 제닝스는 케임브리지에서 하는 수업을 떠날 수 없었고, 오즈월드는 피츠버그의 사업을 떠날 수 없었다. 남편들 말로는 그랬다.

마지막 의식까지 끝났다. 세 남매는 차갑고 우울한 점심 식사를 마치고 집에 돌아갈 밤 기차를 타러 갈 예정이었다. 한편 4시에는 변호사가 유언장을 읽으러 오기로 했다.

"그냥 형식상 절차지. 어차피 유산도 몇 푼 안 남았을 거야." 제임스가 말했다.

"그래." 애들레이드가 동의했다. "얼마 없겠지."

"오랫동안 아픈 사람이 있으면 돈을 다 까먹는다니까." 엘런이 말하고는 한숨을 내쉬었다. 엘런의 남편은 몇 년 전 폐가 안 좋아서 콜로라도에 요양까지 다녀왔으나 여전히 폐가 약했다.

"자," 제임스가 불쑥 말했다. "어머니는 어떻게 할까?"

"그야 물론"이라고 엘런이 운을 뗐다. "우리가 어머니를 모실 수도 있어. 누가 모실지는 재산이 얼마나 남았는지에, 아니 어머니가 어디 계시고 싶은지에 달렸지. 난 지금 어느 때보다 남편 월급이 필요해." 엘런은 심정이 조금 복잡해 보였다.

"물론 어머니가 원하신다면 내가 모셔도 돼." 애들레이드가 말했다. "하지만 어머니가 불편해하실 것 같아. 피츠버그를 안 좋아하셨잖아."

제임스가 엘런과 애들레이드를 번갈아 보았다.

"어디 보자, 어머니 연세가 어떻게 되시더라?"

"이제 쉰이셔." 엘런이 대답했다. "그런데 많이 쇠약해지신 것 같아. 오래 고생하셨으니까." 그는 하소연하듯이 제임스를 돌아보았다. "우리보다는 제임스 네가 모셔야 어머니가 더 편하실 것 같다. 집이 크잖니."

"여자는 사위보다는 아들하고 살아야 더 행복하다고 생각해." 애들레이드가 말했다. "난 늘 그렇게 생각했어."

"대체로 맞는 얘기지." 제임스가 인정했다. "하지만 상황에 따라 달라." 그리고 입을 다물자 자매는 시선을 교환했다. 무엇에 따라 달라지는지 알았다.

"내가 어머니를 모시게 된다면 네가 좀… 도와줄 수도 있겠다." 엘런이 제안했다.

"그렇고말고, 그건 할 수 있지." 제임스가 눈에 띄게 안

도하며 동의했다. "두 사람이 번갈아 가며 어머니를 모시면 난 숙박비를 낼게. 총 얼마나 되려나? 지금 다 정해두는 편이 좋겠어."

"요새 물가가 말도 안 되게 비싸." 엘런이 창백한 이마를 찌푸리며 말했다. "들 만큼만 들긴 하겠지만. 돈 벌기를 바라면 안 되겠지."

"일과 보살핌이 필요한 일이잖아, 엘런. 인정하는 편이 나아. 애들과 허약한 남편에게 온 힘을 쏟아부어야지. 내가 어머니를 모시면 비용이 한 푼도 들지 않아, 제임스. 옷값만 주면 돼. 우리 집에는 방도 많거든. 생활비에 차이가 생겨도 오즈월드는 눈치 못 챌 거야. 다만 워낙 옷에 돈 쓰는 걸 싫어하는 사람이라 옷값은 받아야겠어."

"엄마는 부족함 없이 지내셔야 해." 제임스가 선언했다. "1년에 옷값이 얼마나 들지?"

"아내 옷값이 얼마나 나가는지는 알잖아." 애들레이드가 희미한 미소를 지으며 말했다.

"아니야." 엘런이 말했다. "모드 옷값은 기준이 될 수 없어. 모드는 사회생활을 하잖니. 엄마도 그렇게 많은 옷을 가지는 건 꿈도 꾸지 않으실 테고."

제임스는 감사한 눈빛으로 엘런을 쳐다보았다. "숙식비에 옷값까지 다 얘기가 됐군. 어떻게 생각해, 엘런?"

엘런은 종이를 찾으려고 작고 검은 손가방을 뒤졌지만 찾지 못했다. 제임스가 봉투와 만년필을 건넸다.

"음식은 기본적인 식재료만 해도 한 사람 먹이는 데 일주일에 4달러가 들어." 엘런이 말했다. "광열비에 추가 관리 비용으로는 일주일에 최소 6달러가 들 것 같아, 제임스. 옷값이랑 차비, 소액 지출 액수를 따지면, 어디 보자, 3백 달러는 들겠어."

"그러면 1년에 6백 달러가 넘게 든다는 거군." 제임스가 느릿느릿하게 말했다. "오즈월드가 분담하면 어때, 애들레이드?"

애들레이드가 얼굴을 붉혔다. "그이가 내켜 하지 않을 것 같아, 제임스. 물론 꼭 필요하다면…."

"돈이 모자라지는 않잖아." 제임스가 말했다.

"그렇지, 하지만 그이는 자기 사업 문제가 아닌 일에 절대 돈을 쓰지 않으려 하거든. 이제는 그이도 그이 부모님을 모셔야 하고. 안 돼. 어머니에게 집은 내어드릴 수 있지만 다른 건 못 드려."

"넌 신경 쓸 일도, 골칫거리도 없을 거야, 제임스." 엘런이 말했다. "우리 딸들은 기꺼이 어머니를 모시고 살마음이 있어. 모드가 신경 쓸 일도 아마 없겠지만 네가돈만 줄 수 있다면…."

"어쩌면 유산이 좀 남았을지도 모르지." 애들레이드가제안했다. "이 집도 팔면 돈이 될 테고."

'이 집'은 덴버에서 16km 정도 들어가면 나오는 완만한 비탈에 있었다. 집 아래로 작은 강이 흐르고 위는 산기슭이었다. 집에서 보면 남북으로 펼쳐진 풍경이 깎아지르는 듯한 로키산맥의 대열을 따라 서쪽까지 이어졌다. 동쪽으로는 광활한 비탈이 펼쳐졌다.

"적어도 6천이나 8천 달러는 나올걸." 제임스가 판단을 내렸다.

"옷 얘기가 나와서 말인데," 애들레이드가 다소 동떨어진 말을 꺼냈다. "어머니가 새 상복을 안 구하셨더라. 늘 입던 것만 입으신다니까."

"어머니가 오래 걸리시네." 엘런이 말했다. "필요하신게 있으신지 가서 볼게."

"됐어." 애들레이드가 말했다. "어머니는 혼자 쉬고 싶다고 하셨어. 프랭클랜드 씨가 올 때쯤 내려오시겠대."

"어머니가 꽤 잘 견디시는걸." 엘런이 잠깐 침묵했다가 말을 꺼냈다.

"상심할 일도 아니니까." 애들레이드가 설명했다. "물론 아버지는 좋은 분이셨지만…."

"할 일은 하는 분이셨어." 엘런이 인정했다. "하지만 우리는 아무도 아버지를 사랑하지 않았지, 그다지."

"아버지는 이제 영영 세상을 뜨셨어." 제임스가 말했다. "고인이 되셨으니 안 좋은 말은 굳이 하지 말자."

"어머니가 검은 베일을 쓰고 계시는 통에 좀처럼 얼굴을 못 뵈었네." 엘런이 말을 이었다. "오래 병수발을 하느라 부쩍 늙으셨을 거야."

"끝내는 남자 간호사에게 도움을 받으셨잖아." 애들레이드가 말했다.

"그래, 하지만 오랜 병환은 정말 사람을 깎아 먹어. 어머니는 안 그래도 간호하는 데 재주가 없으셨고. 할 도리는 다하신 거야."

"이제는 마땅히 쉬셔야 하고." 제임스가 일어나 방을 서성거리며 말했다. "얼마나 빨리 여기 일을 처리하고 이 집을 해치울 수 있을지 궁금하군. 제대로 팔면 집값이 어머니 생활비를 챙겨드릴 수 있는 만큼은 될지도 몰라."

엘런은 길게 펼쳐진 칙칙한 땅을 바라보았다.

"여기서 사는 게 얼마나 싫었는지!" 엘런이 말했다.

"나도 싫었어." 애들레이드가 말했다.

"나도 마찬가지였지." 제임스가 말했다.

세 남매는 다소 쓸쓸하게 미소를 지었다.

"우리 누구도 어머니와 그렇게 살가운 사이는 아닌 것 같아." 애들레이드가 얼마 가지 않아 인정했다. "이유는 모르겠어. 아마 우리는 생전 살가운 가족은 아니었던 모양이야."

"아버지와 살갑게 지낼 수 있는 사람은 없었지." 엘런이 소심하게 말을 꺼냈다.

"그리고 어머니, 가엾은 어머니! 어머니는 참 끔찍한 삶을 사셨어."

"늘 당신 의무를 다하셨지." 제임스가 단호한 목소리로 말했다. "아버지도 아버지 관점에서는 나름대로 당신 의무를 다하셨고. 이제 우리가 우리 몫을 할 차례야."

"아!" 엘런이 벌떡 일어나며 외쳤다. "변호사가 왔다. 어머니께 알릴게."

엘런은 재빠르게 위층으로 올라가서 어머니의 방문을 두드렸다.

"어머니, 어머니." 엘런이 외쳤다. "프랭클랜드 씨가 오셨어요."

"안다." 안에서 목소리가 대답했다. "먼저 유언장을 읽고 계시라고 전해. 어차피 난 무슨 내용인지 아니까. 곧 내려가마."

엘런은 또다시 창백한 이마를 찌푸리며 천천히 계단을 내려갔다. 그리고 어머니의 말을 전했다.

애들레이드와 제임스는 머뭇거리며 서로를 힐끔거렸지만 프랭클랜드 씨는 시원스레 말했다.

"상황이 상황인지라 자연스러운 일입니다. 장례식을 놓쳐서 미안하군요. 아침에 사건이 있었어요."

유언장은 짧았다. 재산은 4등분으로 나누어서 아들에게 두 부분을, 딸들에게 각각 한 부분씩을 물려주었다. 아내가 아직 살아 있다면 자식들은 아내의 법적 지분을 제한 나머지 재산을 상속받으며, 아내가 사는 동안 그를 부양하는 데 힘써야 했다. 유언장에 적힌 바에 따르면 재산은 크고 넓은 집이 있는 목장과 가구, 가축, 여러 도구, 5천 달러 상당의 광산 주식으로 이루어졌다.

"예상했던 것보다 적군요." 제임스가 말했다.

"10년 전에 작성된 유언장입니다." 프랭클랜드 씨가 설명했다. "난 그때부터 아버님을 위해서 일했어요. 그분께서는 마지막까지 정신이 온전하셨지요. 재산 가치가 올랐을 겁니다. 맥퍼슨 씨가 목장을 훌륭하게 관리해온 것으로 압니다. 하숙인도 좀 받았고요."

두 자매가 짜증스러운 시선을 교환했다.

"이제 그것도 다 정리해야겠군요." 제임스가 말했다.

바로 이때 문이 열리더니 검은 망토를 두르고 베일을 쓴 키가 큰 사람이 방으로 들어섰다.

"남편이 끝까지 정신이 온전했다고 말해주다니 기쁘군요, 프랭클랜드 씨." 맥퍼슨 부인이 말했다. "그래요, 난 옛 유언장이나 읽는 것을 들으려고 내려오지 않았습니다. 이젠 소용없으니까."

모두 의자에서 몸을 돌렸다.

"이후에 작성한 유언장이 있습니까?" 변호사가 물

었다.

"내가 알기론 없어요. 남편은 사망했을 당시 재산이라고는 하나도 없었죠."

"하나도요? 이런 맙소사, 4년 전만 해도 분명 조금이나마 있었는데요."

"그랬죠. 하지만 3년 반 전에 내게 전부 양도했어요. 이게 그 증서들입니다."

실제로 증서들이 존재했다. 제임스 R. 맥퍼슨이 전 재산을 아내에게 양도했다는 공식적이고 정확하며 단순명료한 증서들이 틀림없었다.

"정신없는 한 해였다는 건 프랭클랜드 씨도 기억하시겠죠." 맥퍼슨 부인이 말을 이었다. "채권자들에게 압박을 받던 남편은 이편이 더 안전하다고 생각했어요."

"그야, 그렇습니다만." 프랭클랜드 씨가 말했다. "그 문제로 제게 자문하셨던 사실이 이제 기억나는군요. 다만 저는 그 단계가 불필요하다고 생각했습니다."

제임스가 헛기침했다.

"어머니, 이러면 일이 좀 복잡해져요. 저희는 프랭클랜드 씨의 도움을 받아서 오늘 오후에 일을 전부 매듭지으려고 했어요. 어머니는 저희가 모시고요."

"저희는 더 오래 못 있어요, 어머니." 엘런이 말했다.

"재산 양도 증서를 원래대로 돌리면 안 되나요, 어머니?" 애들레이드가 제안했다. "저희가 여기를 벗어날 수 있도록 증서를 제임스나 저희 모두 앞으로 바꿀 수 없나요?"

"내가 왜 그래야 하지?"

"어머니." 엘런이 설득력 있게 말했다. "얼마나 마음이 안 좋으신지 알아요. 피곤하고 지치셨겠죠. 하지만 아침에 왔을 때 말씀드렸듯이 어머니는 저희가 모시려고 해요. 어머니도 짐을 싸고 계셨고…."

"그래, 짐을 싸고 있었지." 베일 뒤의 목소리가 대답했다.

"따지고 보면 재산을 어머니 명의로 하는 선택이 더 안전하긴 했죠." 제임스가 인정했다. "하지만 지금 생각해 보면 어머니가 제게 일괄 양도하는 방법이 가장 간단하겠어요. 제가 유언장대로 아버지의 바람을 이루어드릴게요."

"네 아버지는 죽었다." 베일 뒤 목소리가 말했다.

♦

"네, 어머니. 어떤 기분이실지 저희도 알아요." 엘런이 조심스럽게 말했다.

"나는 살아 있고." 맥퍼슨 부인이 말했다.

"어머니, 이런 시기에 어머니와 일 얘기를 하려니 몹시 괴롭군요. 저희 모두 알아요." 애들레이드가 거친 어조로 말했다. "하지만 오자마자 말씀드렸잖아요. 저희는 여기 못 있는다고요."

"그리고 이 문제는 지금 결정해야 해요." 제임스가 단호하게 덧붙였다.

"결정은 끝났어."

"프랭클랜드 씨가 도와주신다면 어머니가 이해하실 수 있을지도 모르겠네요." 제임스가 인내심을 억지로 쥐어짜내며 말했다.

"맥퍼슨 부인이 완벽하게 이해하셨으리라고 믿어 의심치 않아요." 변호사가 중얼거렸다. "놀라울 정도로 똑똑한 여자분이라고 항상 생각했죠."

"고맙군요, 프랭클랜드 씨. 당신이 도와준다면 자식들도 변변치 않지만 재산이 이제 내 소유란 걸 이해할 수 있을지도 모르겠네요."

"맥퍼슨 부인, 재산이 선생님 소유란 건 저희 모두 압니다. 다만 저희는 마땅히 재산 양도에 관해서 고인의 소망을 고려해야 하지 않겠느냐는 말씀이죠."

"남편의 소망일랑 30년이나 고려했어요." 맥퍼슨 부인이 대답했다. "이제 내 소망을 생각할 겁니다. 그이와 결혼한 날부터 내 의무를 다했어요. 오늘로 11,000일이 됐군요." 돌연 힘주어 말을 맺었다.

"그러면 아이들은…."

"난 아이들이 없어요, 프랭클랜드 씨. 딸 둘과 아들 하나가 있죠. 여기 어른 둘은 내 아이들이었지만 이제 다 커서 결혼도 했고 자기 자식도 낳았거나 낳을 예정이에요. 난 보호자로서 의무를 다했어요. 이 녀석들도 자식으로서 의무를 다했고 앞으로도 다할 테죠. 분명 그럴 거예요." 맥퍼슨 부인은 갑자기 어조를 바꾸었다. "하지만 그럴 필요 없어요. 의무라면 신물이 나니까."

듣고 있던 이들이 깜짝 놀라서 고개를 들었다.

"여기 상황이 어땠는지 너희는 모르지." 맥퍼슨 부인이 말을 이었다.

"내 문제로 너희를 골치 아프게 하지 않았다만 이제는

말해주마. 너희 아버지는 재산을 지키려면 내게 양도하는 게 맞다고 봤어. 살 날이 얼마 남지 않았다는 걸 알게 되자 내가 책임을 떠맡았다. 너희 아버지를 돌볼 간호사도 고용해야 했고 의사도 불러야 했어. 집이 병원 구색을 띠기에 아예 병원으로 만들었지. 환자 대여섯 명과 간호사를 여기로 들여서 돈을 벌었어. 정원을 관리하고, 소와 닭을 기르고, 일도, 잠도 집 밖에서 해결했어. 지금의 나는 살면서 그 어느 때보다 강한 여자가 됐다."

맥퍼슨 부인이 강하고 꼿꼿하게 우뚝 일어서서 숨을 깊게 들이마셨다.

"너희 아버지가 사망했을 당시 그이의 재산은 약 8천 달러였다." 맥퍼슨이 말을 이었다. "그러면 제임스에게 4천 달러, 딸들에게 각각 2천 달러가 돌아가지. 기꺼이 각자 이름으로 너희에게 주마. 그런데 딸들이 내 도움을 받겠다면, 마음대로 쓸 수 있도록 연간 수입을 현금으로 보내줄 테니 받는 것이 좋아. 여자한테는 자기 돈이 어느 정도 있는 편이 유리해."

"어머니 말씀이 옳다고 생각해요." 애들레이드가 말했다.

"네, 그렇고말고요." 엘런이 중얼거렸다.

"어머니는 필요 없으세요?" 검은 옷을 입은 뻣뻣한 어머니에게 느닷없는 애정이 피어오른 제임스가 물었다.

"그래, 제임스. 목장은 내가 소유할 거거든. 믿음직한 인력도 있어. 여태까지 1년에 순이익만 2천 달러를 올렸고, 지금은 여자 의사 친구에게 빌려줬다."

"매우 잘하셨다고 생각합니다, 맥퍼슨 부인. 놀라울 정도로 잘하셨어요." 프랭클랜드가 말했다.

"1년 수입이 2천 달러라고요?" 애들레이드가 의심스러워하며 물었다.

"어머니는 저랑 사실 거죠?" 엘런이 조심스럽게 물었다.

"고맙지만 필요 없다."

"집은 크니까 얼마든지 제게 오셔도 돼요." 애들레이드가 말했다.

"고맙지만 됐다."

"어머니를 모신다고 하면 모드도 좋아하리라고 의심치 않아요." 제임스가 약간 머뭇거리며 제안했다.

"난 다르다. 아주 많이 의심해. 어쨌든 고맙다."

"그러면 어떻게 하시려고요?" 엘런은 진심으로 걱정스러워 보였다.

"전에는 한 적 없던 일을 할 거야. 난 살 작정이다!"

단호하고 날랜 발걸음으로, 키가 큰 맥퍼슨 부인이 창가로 가서 커튼을 올렸다. 방 안으로 콜로라도의 눈부신 햇살이 쏟아져 들어왔다. 맥퍼슨 부인은 길고 검은 베일을 벗어 던졌다.

"빌린 베일이야." 부인이 말했다. "장례식에서 너희 마음에 상처를 주고 싶지 않았거든."

맥퍼슨 부인이 단추를 끄르자 길고 검은 망토가 발치에 떨어졌다. 그는 햇빛에 서서 약간 상기된 얼굴로 미소를 지었다. 흐릿한 색이 여럿 섞인 질 좋은 여행복 차림이었다.

"내 계획이 궁금하다면 말해주마. 내 수중에 3년 동안 목장 요양원을 운영하며 번 6천 달러가 있어. 천 달러는 은행에 저축했는데 내가 지구상 어디에 있든 날 데려오고 필요하면 요양원에 보낼 돈이지. 여기 이건 화장 장례 회사 동의서로, 필요한 경우 이 회사 측에서 내 시신을 들여와 적절한 절차에 따라 화장하지 않으면 돈을 주지 않겠다는 내용이야. 그러고도 가지고 놀 5천 달러가 남아 있으니 즐길 계획이다."

딸들은 충격받은 표정이었다.

"아니, 어머니…."

"어머니 나이에는…."

제임스가 윗입술을 끌어내렸다. 그러자 아버지와 판박이처럼 보였다.

"너희는 아무도 이해 못 할 줄 알았지." 맥퍼슨 부인은 조용히 말을 이었다.

"어쨌거나 이젠 아무럼 상관없다. 너희와 너희 아버지한테 바친 세월만 30년이니 앞으로 30년은 나를 위해 쓸 거야."

"정말, 정말 괜찮으신 건가요, 어머니?" 엘런이 진심으로 걱정하며 캐물었다.

맥퍼슨 부인은 웃음을 터뜨렸다.

"괜찮다마다. 정말 괜찮아. 이보다 좋았던 적은 없었어. 오늘까지도 일하고 있었단다. 긍정적인 의학적 증거이니 내 정신이 온전한지 의심할 것 없다, 얘들아! 너희 어머니가 자신의 관심사가 있고 인생이 앞으로 절반은 더 남은 진짜 사람이라는 사실을 파악했으면 좋겠구나. 내 인생 초반 20년은 별 의미가 없었어. 성장하는 시기였고 스스로 뭘 어떻게 할 수도 없었지. 이후 30년은 힘들었다. 내가 힘들었다는 건 딸들보다는 제임스가 더 잘 알지도 모르겠지만 어쨌거나 너희 모두 알긴 알잖니. 그리고 이제는 자유다."

"어디로 가시려고요, 어머니?" 제임스가 물었다.

맥퍼슨 부인은 둥글게 모여 있는 사람들을 온유하고 결연한 태도로 둘러보고는 대답했다.

"뉴질랜드로 간다." 그리고 말을 이었다. "항상 가보고 싶었던 곳이라 지금이라도 가려고 해. 오스트레일리아에도 갈 거고 태즈메이니아, 마다가스카르, 티에라 델 푸에고에도 갈 계획이란다. 한동안은 떠나고 없을 거야."

가족은 그날 밤 헤어졌다. 셋은 동쪽으로 가고 하나는 서쪽으로 갔다.

누런 벽지

　나와 존처럼 평범한 사람들이 여름을 보내려고 조상 대대로 내려오는 저택을 빌리는 건 아주 드문 일이다.식민지 시대풍 저택이니 세습 영지니, 아무리 봐도 귀신 들린 저택 같다며 낭만적인 행복감에 푹 젖을 수도 있겠지만 그건 지나친 욕심이겠지. 그래도 분명 이 저택에는 으스스한 기운이 감돈다. 그렇지 않고서야 왜 그렇게 싼 가격에 세를 줬겠는가? 왜 그토록 오랫동안 아무도 살지 않았겠는가?

　여느 남편들처럼 존은 나를 비웃었다. 존은 극도로 실

용적인 사람이다. 신앙심이라고는 눈곱만큼도 없고 미신이라면 질겁하며, 만지고 볼 수 없거나 숫자로 나타낼 수 없는 것들을 이야기하면 대놓고 코웃음을 친다. 존은 의사다. 어쩌면, 살아 숨 쉬는 사람에게는 이런 말을 하지 않겠지만 이건 생명이 없는 종이인 데다 내가 매우 안심할 수 있는 공간이니 털어놓자면, 어쩌면 바로 그래서 내가 빨리 낫지 않는지도 모른다.

남편은 내가 아프다는 사실을 믿지 않는다! 그러니 내가 어찌할 수 있겠는가?

명망 있는 의사이자 남편이 아내를 두고 히스테리 증세가 약간 있지만 일시적인 신경 쇠약일 뿐 아무 문제도 없다고 친구들과 친지들에게 말하면 어찌할 수 있겠느냐 말이다. 마찬가지로 명망 있는 의사인 내 오빠도 존의 의견에 동의했다. 결국 나는 '인산염'인지 '아인산염'인지와 강장제를 복용하고 여행을 다니고 바람을 쐬며 운동하라는 처방을 받았다. 완쾌할 때까지 일하는 것은 일절 금지당했다.

나는 존과 오빠가 내린 진단에 동의하지 않는다. 나는

좋아하는 일을 하며 기쁨을 찾고 삶에 변화를 주는 것이 건강에 도움이 되리라 생각한다. 하지만 내가 어찌할 수 있겠는가? 한동안 처방을 무시하고 글을 쓰기도 했는데, 들키면 노발대발할 게 뻔해 몰래 쓰다 보니 금방 지쳤다.

날 통제하기보다는 사회생활을 할 수 있도록 격려한다면 내 건강 상태가 어떨까 싶다. 하지만 존은 내가 할 수 있는 최악의 일이 바로 내 상태에 대해 고민하는 것이라고 말한다. 내 상태를 생각하다 보면 금세 기분이 울적해지니 그이 말에도 일리가 있다.

그러니 그런 생각일랑 접어 두고 이 저택 이야기나 해야겠다.

이렇게 아름다운 저택은 또 없으리라! 저택은 도로에서도 한참 멀고 마을과는 5km쯤 떨어진 외딴곳에 자리했다. 울타리와 담, 자물쇠 달린 문, 정원사와 주민들이 사는 작은 집들을 보고 있자면 책에서 읽었던 영국식 저택이 떠오른다. 정원은 또 얼마나 아름다운지! 이런 정원은 난생처음 본다. 넓고 그늘진 길은 회양목으로 나뉘었는데 길을 따라 포도 넝쿨로 뒤덮인 정자가 놓여 있고, 그 아래에 앉을 수 있는 자리도 있다. 온실도 있었지만 지금은 전부 망가졌다.

　내가 아는 바로는 상속인들과 공동 상속인들 사이에 법적 문제가 있었다고 한다. 어쨌든 이 저택은 여러 해 동안 비어 있었다. 귀신 들린 저택 같다는 내 주장에 초를 치는 얘기지만 상관없다. 이 저택에는 분명 이상한 구석이 있다. 똑똑히 느껴진다. 어느 달 밝은 밤, 존에게 그런 말을 했더니 내가 창틈 사이로 들어온 외풍을 느낀 거라며 창문만 닫을 뿐이었다. 나는 가끔 존에게 이유도 없이 화가 치민다. 예전에는 이렇게 예민하지 않았다. 아마도 신경 쇠약 탓이리라. 존은 내가 자기 통제를 제대로 못 한 탓이라고 한다. 그래서 그이 앞에서라도 나를 통제하려고 안간힘을 쓰는데 금세 피곤해지고 만다.

　나는 우리 방이 몹시 마음에 들지 않는다. 아래층 방은 너른 베란다와 통하고 창가에는 장미가 만개하며 고풍스럽고 멋진 커튼이 달렸다. 거기서 지내고 싶었지만 존은 내 말을 귓등으로도 안 들었다. 아래층 방은 창문이 하나뿐이고 침대 두 개가 들어갈 정도로 넉넉하지도 않으며, 존이 원할 때마다 자리를 옮길 수 있는 방도 근처에 없기 때문이었다.

그이는 굉장히 사려 깊고 다정해서 특별한 이유가 없으면 내가 손가락 하나 까딱하게 두지 않는다. 나에게는 매일 매 시간마다 따라야 할 처방이 있다. 존이 이렇게까지 나를 세심히 보살펴 주는데 고마워하지 않으면 배은망덕한 사람이겠지. 그이는 내가 휴양하며 신선한 공기를 많이 마실 수 있게 하려고 이 저택까지 왔다고 했다. "운동은 당신 체력에 달렸고 먹는 건 당신 식욕에 달렸지만 공기는 언제든 마실 수 있잖아." 존이 말했다. 그래서 우리는 저택 꼭대기에 있는 육아실에서 지내기로 했다. 육아실은 거의 한 층 전체를 차지할 정도로 넓고 통풍이 잘되는 방으로, 창문이 사방으로 나서 바람과 햇빛이 넉넉하게 들어온다. 아이들이 떨어지지 않도록 창문마다 창살이 세워져 있고 벽에는 운동 기구들이 걸려있는 것으로 보아 처음에는 육아실이었다가 놀이방으로, 그 후에는 운동하는 공간으로 쓰이지 않았을까 싶다.

벽에 발린 페인트와 벽지는 꼭 남학교 교실 같은 몰골이다. 침대 머리 부분 주위로 손이 닿는 데까지 벽지가 뭉텅뭉텅 뜯겼고 침대 맞은편 아래쪽 부분도 넓게 뜯겼다. 살면서 이렇게 고약한 벽지는 처음 본다. 벽지 무늬는 제멋대로 휘황찬란하게 뻗어 나가며 예술적 규칙을 깡그리 무시한다. 눈으로 좇기에는 어지러울 정도로 흐릿하지만 그렇다고 무시하자니 신경에 거슬려 유심히 보게 될 정도로 뚜렷하다. 절뚝거리는 불확실한 곡선 무늬를 조금만 따라가다 보면 그것은 갑자기 듣도 보도 못한 각도로 푹 꺾여 자신을 파괴하며 자살한다.

벽지 색깔은 서서히 변해 가는 햇빛에 기이하게 색이 바래고 그을려 혐오스럽고 구역질이 날 정도로 더러운 노란색이다. 군데군데 흐릿하면서도 선정적인 주황색과 메스꺼운 황록색이 감돈다. 아이들이 벽지를 싫어할 만도 하다. 여기서 오래 살아야 했다면 나도 증오했으리라.

저기 존이 온다. 이제 이 종이는 치워야 한다. 그이는 내가 한 글자라도 쓰는 걸 싫어하니까.

저택에 온 지도 2주가 지났다. 첫날 이후로는 글을 쓰고 싶지 않았다. 나는 혐오스러운 육아실 창가에 앉아 있다. 내가 원하는 만큼 실컷 글을 쓴다고 해도 아무것도 날 막지 못한다. 내 체력이 안 돼서 글을 못 쓸 뿐이지. 존은 낮에는 내내 집을 비우고, 환자 상태가 심각하면 밤이 되어도 들어오지 않는다. 내 상태는 심각하지 않아서 다행이다! 하지만 신경 쇠약 때문에 몹시 우울하다.

존은 내가 얼마나 힘든지 모른다. 그이는 내가 힘들 이유가 전혀 없으니 힘들리가 없다고 생각한다. 고작 신경 쇠약일 뿐인걸. 겨우 그것 가지고 아내의 의무를 다하지 않아서 마음이 무거운 것이다! 나는 존을 도우며 그이의 진정한 안식처가 되어 주려고 했는데 무거운 짐이 돼 버렸다! 옷을 입고 푹 쉬며 이것저것 명령하기만 하면 되는데, 그 별것 아닌 일을 하면서도 내가 얼마나 힘에 부치는지 아무도 모를 테지. 메리가 아기를 잘 돌봐서 천만다행이다. 소중한 우리 아기! 하지만 내 신경 쇠약이 악화될까 봐 아들과 함께 있을 수 없다.

존은 신경질적이었던 적이 없는 모양이다. 벽지 이야기만 꺼내면 얼마나 나를 비웃는지! 처음에는 그이도 벽지를 다시 바르자고 했다가 나중에는 공상에 휘둘려서는 안 된다고 말을 바꿨다. 신경 쇠약 환자가 공상에 빠지는 것보다 위험한 일은 없다면서 말이다. 벽지를 바꾸고 나면 무거운 침대 틀이 마음에 안 들고, 다음에는 창살이 있는 창문이 탐탁지 않을 것이며 층계 출입문도 눈에 거슬리기 시작할 테니 끝도 없을 것이라나.

"이 방이 당신 건강에 좋은 거 알잖아. 게다가 겨우 3개월 빌려 사는 곳을 뜯어고치고 싶지 않아." 존이 말했다.

"그럼 아래층으로 옮겨요. 거기에는 예쁜 방이 많잖아요." 내가 말했다.

그러자 그이가 나를 와락 껴안았다. 나를 축복 받은 작은 거위라고 부르며, 내가 원한다면 지하 저장고에서도 지낼 수 있고 벽도 흰색으로 칠해 줄 수 있다고 말했다.

하지만 내 불만이 끝도 없으리라는 존의 말이 맞다. 여기는 더할 나위 없이 통풍이 잘되고 편안한 방이다. 내 변덕 때문에 남편을 불편하게 하는 미련한 짓은 하고 싶지 않다. 흉측한 벽지만 빼면 나는 이 커다란 방이 점점 좋아진다. 한쪽 창문을 내다보면 정원과 그늘진 신비로운 정자들, 흐드러지게 핀 고풍스러운 꽃과 덤불, 멋들어진 나무가 보인다. 다른 창문 너머로는 아름다운 경치를 자랑하는 해변과 저택 부지에 속한 작은 전용 부두가 눈에 들어온다. 아름답게 그늘진 오솔길이 부두와 저택을 잇는다. 창밖을 내다보며 사람들이 무수한 길과 정자를 지나다닌다고 상상하곤 하는데 존이 자꾸 공상에 빠져 버릇하면 안 된다고 주의를 줬다. 내 상상력과 이야기를 지어내는 습관이 신경 쇠약과 만나면 들뜬 공상을 하기 쉬우니, 예민한 신경이 활개를 치지 않도록 마음을 살펴 절제해야 한단다. 그래서 나는 그러려고 노력한다. 글을 조금 쓸 수 있을 만큼이라도 건강했더라면 나를 억누르는 생각들도 사라져 쉴 수 있지 않을까 가끔 생각한다.

하지만 글을 쓰면 쉽게 지친다. 내가 쓴 글에 관한 조언을 듣거나 동료를 만날 수가 없으니 힘이 빠진다. 존은 내 건강 상태가 괜찮아지면 사촌 헨리와 줄리아를 저택으로 불러 같이 지내도록 하겠다고 말했다. 하지만 지금은 그런 활기찬 사람들을 만나게 하느니 차라리 내 베개 속에 폭죽을 넣겠다나.

하루라도 빨리 나을 수 있다면 좋을 텐데. 그런 생각은 하지 말아야지. 이 종이는 자신이 내게 어떤 악영향을 미치는지 아는 것처럼 나를 바라보고 있다!

벽지에는 무늬가 되풀이되는 부분이 있는데, 축 늘어진 무늬는 마치 부러진 목처럼 생겼고 거꾸로 뒤집힌 둥글납작한 두 개의 눈알들이 나를 쳐다보는 모양새다. 뻔뻔하리만치 끝도 없이 반복되는 무늬를 보고 있자면 정말 짜증이 난다. 무늬는 사방으로 기어 다니고 깜빡거리지도 않는 우스꽝스러운 눈들이 온천지에 있다. 벽지에는 두 장이 서로 맞지 않는 부분이 있는데, 한쪽이 다른 쪽에 비해 조금 더 높이 있어서 맞닿은 선을 두고 눈이 오르내리는 모습이다.

무생물이 이토록 풍부한 표정을 짓는 걸 본 적이 없다. 무생물이 얼마나 다양한 표정을 짓는지 알지 않는가! 나는 어릴 적 잠을 못 이룰 때면, 다른 아이들과 달리 장난감 가게가 아닌 벽이나 평범한 가구들에서 재미와 공포를 찾았다. 크고 오래된 서랍장 손잡이들이 얼마나 상냥하게 윙크했는지도 기억하고, 언제나 든든한 친구 같던 의자가 하나 있던 것도 생각난다. 아무리 다른 가구가 무시무시해 보여도 그 의자 위로 폴짝 올라가 앉으면 마음이 놓였다.

하지만 이 방의 가구는 전부 아래층에서 가져와야 했기 때문에 전혀 조화롭지 않다. 방을 놀이방으로 쓰려면 육아 용품은 전부 치워야만 했겠지, 그럼! 아이들이 여기에 벌려 놓은 꼴만큼 처참한 광경은 본 적이 없다.

이전에도 썼듯이 벽지는 군데군데 찢겨 있으면서도 형제처럼 끈끈하게 잘 붙어 있다. 벽지를 싫어하는 만큼이나 잘 보존한 것이 틀림없다. 마루는 긁히고 파이고 부서졌으며 회반죽은 여기저기 파였고, 우리가 이 방에서 발견한 유일한 가구였던 거대한 침대는 마치 전쟁 통을 겪은 몰골이다. 하지만 난 벽지 빼고는 아무것도 신경 쓰지 않는다.

저기 존의 누이가 온다. 저렇게 다정한 애가 나를 얼마나 세심하게 보살피는지 모른다! 글을 쓰는 모습을 들켜서는 안 된다. 시누이는 완벽하고 열정적인 살림꾼으로, 살림하는 것을 자신의 천직이라고 생각한다. 시누이는 내가 아픈 이유가 글쓰기 때문이라고 생각하는 게 분명하다! 하지만 시누이가 나가면 글을 쓸 수 있고 창문 너머 멀리까지 시누이를 내다볼 수도 있다. 한쪽 창문에서는 아리땁게 그늘진 구불구불한 길이 보이고 다른 쪽 창문에서는 시골 풍경을 굽어 내려가는 길이 보인다. 커다란 느릅나무들과 벨벳 같은 초원이 펼쳐진 아름다운 풍경이다.

이 벽지 무늬 안에는 다른 빛깔의 작은 무늬가 들어 있는데 자꾸 내 신경을 긁는다. 적당한 빛이 들어왔을 때만 볼 수 있고 그나마도 흐릿하기 때문이다. 하지만 색이 바

래지 않고 햇빛도 적당하게 드는 부분에서는 기묘하고
도 도발적이며 형체 없는 인형 같은 게 보인다. 우스꽝스
러우면서도 눈에 확 띄는 앞쪽 무늬 뒤에 살그머니 숨어
있는 것 같다. 시누이가 계단을 올라온다!

마침내 독립기념일이 지났다! 사람들은 떠났고 나는
녹초가 되었다. 존이 생각하기에 내가 아는 사람 몇 명
정도는 만나도 괜찮겠다 싶어서 어머니와 넬리, 아이들
을 불러 함께 일주일을 보냈다. 물론 나는 손가락 하나
까딱하지 않았다. 이제는 제니가 모든 일을 도맡아 한다.
어쨌든 그래도 나는 녹초가 되었다.

존은 내가 빨리 낫지 않으면 가을에 휴식 요법으로 유
명한 웨어 미첼 박사의 정신병원에 보내겠다고 한다. 나
는 그곳에 가고 싶지 않다. 그 박사에게 치료를 받은 친
구가 하나 있는데, 박사가 심하면 더 심했지 존이나 오빠
와 똑같다고 한다!

게다가 먼 길을 떠나기도 힘들다. 나는 어떤 일에도 손
가락 하나 까딱하고 싶지 않고 점점 더 초조해지고 짜증
이 난다. 걸핏하면 눈물을 흘리고 거의 온종일 운다. 물
론 존이나 다른 사람 앞에선 울지 않고 혼자 있을 때만

그런다.

이제 나는 꽤 오랜 시간을 혼자 보낸다. 존은 중환자들을 치료하러 자주 시내로 나가고, 제니는 착해서 내가 혼자 있고 싶다고 하면 그러도록 내버려 둔다. 그래서 나는 정원이나 아름다운 오솔길을 거닐기도 하고, 장미가 만개한 현관에 앉아 있거나 방에 올라와 오랫동안 누워 있기도 한다.

벽지만 빼면 이 방에 정이 많이 들었다. 어쩌면 벽지덕분인지도 모른다. 벽지가 내 마음을 사로잡아 버렸다! 아마도 못을 박아서 움직이지 않는 거대한 침대에 누워 몇 시간이고 벽지 무늬를 눈으로 좇는다. 곡예나 다름없다. 어디 보자, 누구의 손도 타지 않은 저쪽 구석 아래쪽부터 시작할까. 이번에야말로 저 의미 없는 무늬를 나름대로 끝까지 따라가 보겠다고 몇천 번째 다짐한다.

나는 디자인 원리를 조금 배웠다. 벽지 무늬는 방사나 교체, 반복, 대칭, 혹은 내가 들어 본 그 어떤 원리도 따르지 않는다. 무늬가 일정한 폭마다 반복되기는 하지만 그뿐이다. 한쪽에서 보면 벽지는 한 폭씩 따로 있다. 부푼 곡선과 요란한 무늬는 마치 섬망 증세를 보이는 알코올

중독자가 그린 '저질 로마네스크 양식' 같다. 뚱하니 따로 서 있는 폭마다 뒤뚱뒤뚱 오르내린다.

다른 한편으로 무늬들이 대각선으로 비스듬하게 연결됐다. 제멋대로 뻗어 나가는 윤곽은 엄청나게 많은 흔들리는 해초들이 추격해 오는 것 같은 섬뜩하고 거대한 파도 모양이다. 무늬는 수평으로도 이어진다. 적어도 그렇게 보인다. 나는 수평으로 향하는 무늬의 규칙을 알아보려다가 지치고 만다. 수평 폭을 장식 띠로 사용해서 혼란만 가중된다.

이 방의 한쪽 끝에는 벽지가 거의 손상되지 않은 부분이 있다. 거기에 교차 조명이 스러지고 낮은 햇빛이 직격으로 쏟아지면 어쨌거나 거미줄 같은 모양이 보이는 것 같다. 그 끝없이 계속되는 그로테스크한 모양은 중심에서 형성되어 사방으로 곤두박질치며 뛰쳐나간다. 무늬를 좇다 보니 지친다. 낮잠을 자야겠다.

내가 왜 이걸 써야 하는지 모르겠다.

쓰고 싶지 않다.

쓸 수 있을 것 같지도 않다.

존은 터무니없는 소리를 한다고 생각하겠지만 나는

내가 무슨 생각을 하고 무엇을 느꼈는지 어떤 방식으로든 풀어야만 한다. 얼마나 큰 위안이 되는데! 하지만 글을 쓰며 얻는 위안보다 글을 쓰는 데 들이는 노력이 더 커진다.

이제 나는 하루의 반을 게으르게 보내며 지나치게 오래 누워서 지낸다. 존은 체력이 약해지면 안 된다며 대구간 기름과 온갖 강장제, 몸에 좋다는 음식을 먹인다. 맥주와 포도주, 날고기로 치료하지 못할 병은 없다면서 말이다.

다정한 존! 그이는 나를 깊이 사랑하며 내가 아픈 걸 지독하게 싫어한다. 나는 며칠 전 그이와 진솔하고 합리적인 대화를 나누려고 했다. 사촌 헨리와 줄리아를 만나러 가게 해주면 좋겠다고 말을 꺼냈다. 하지만 그이는 내가 갈 수 없는 건 물론이고 가봤자 앓기만 할 것이라고 말했다. 그 말에 나는 그다지 대처를 잘하지 못했다. 그이가 말을 다 마치기도 전에 울음을 터뜨려 버렸다. 제대로 생각하기가 점점 어려워진다. 그놈의 신경 쇠약 때문이리라.

그러자 다정한 존은 나를 일으켜 안고는 위층 침대에

눕힌 후 옆에 앉아 내 머리가 지칠 때까지 책을 읽어 주었다. 그러고는 내가 그이의 사랑이고 위안이고 전부니 그이를 위해서라도 내가 자신을 돌보고 건강해져야 한다고 말했다. 존은 나를 치료할 수 있는 사람은 나뿐이니 바보 같은 공상이 머릿속을 휘젓지 않도록 의지와 자기 통제력을 발휘해야 한다고 말한다.

위안이라면 아기가 건강하고 행복하며, 흉측한 벽지가 발린 육아실에서 지내지 않아도 된다는 것이다. 우리가 이 방을 쓰지 않았더라면 사랑스러운 우리 아기가 썼겠지! 다행히 그런 일은 피했다! 나는 민감한 어린 것을 이런 방에서 지내도록 내버려 두지 않을 것이다. 전에는 생각지도 못했지만 결국 존이 나를 여기서 지내게 해서 다행이다. 보다시피 아기보다는 내가 훨씬 더 수월하게 견딜 수 있으니까.

물론 나는 현명해서 더는 누구에게도 벽지에 대해 말하지 않지만 계속 주시하고 있다. 저 벽지 안에는 나 말고는 아무도 모르고, 앞으로도 모를 무언가가 있다. 바깥쪽 무늬 뒤에 있는 어렴풋한 형상들이 날이 갈수록 선명해진다. 언제나 똑같은 형상이지만 수가 늘었다. 마치 한 여자가 몸을 웅크린 채 무늬 뒤를 기어 다니는 것처럼 보인다. 보기 싫다. 존이 여기서 나를 내보내 줄까? 그랬으면 좋겠다!

존과 내 상태에 대해 이야기를 하기가 쉽지 않다. 그이는 현명하고 나를 너무나 사랑하기 때문이다. 그래도 어젯밤 대화를 시도했다. 달이 뜬 밤이었다. 달이 태양 못지않게 주위를 환하게 밝혔다. 보기 싫을 때도 있지만 달빛은 느릿느릿하게 기어 다니며 언제나 창문 이쪽저쪽을 통해 드나든다. 나는 잠이 든 존을 깨우고 싶지 않아서 오싹한 기분이 들 때까지 달빛이 물결무늬 벽지를 비추는 것을 꼼짝도 않고 바라보았다.

뒤쪽에 있는 여자 형상이 마치 벽지에서 나오고 싶은 것처럼 무늬를 흔들었다. 나는 살며시 일어나서 벽지가 정말 움직였는지 만져 보려고 다가갔다. 내가 침대로 되돌아갔을 때 존은 깨어 있었다.

"무슨 일이야, 꼬마 아가씨? 그렇게 돌아다니면 감기 들어서 못써." 그이가 말했다.

나는 지금이 얘기할 절호의 기회라고 생각했다. 그래서 존에게 여기에 더 있어 봤자 득 될 게 없으니 떠났으면 좋겠다고 말했다.

"아니, 여보! 임대 기간이 3주 뒤면 끝나는데 그 전에 떠나자고?" 그이가 말했다.

"우리 집 수리도 아직 안 끝났을 테고 나는 당장 시내를 떠날 수도 없어. 물론 당신 상태가 위험하다면 언제든 떠날 수 있지만 당신은 모르는지 몰라도 당신 상태가 괜찮아지고 있단 말이야. 나는 의사니까 잘 알아. 살도 붙고 혈색도 돌아오고 식욕도 늘었어. 정말 한시름 놓았다니까."

"살이 붙었다니 무슨 말이에요. 눈에 보일 정도로 찌지도 않았는걸요. 당신이 있는 저녁에는 식욕이 좀 돌아오는지 몰라도 당신이 떠나고 없는 아침에는 한 술도 뜨기 싫다고요!" 내가 말했다.

존이 나를 와락 껴안으며 말했다. "당신의 연약한 마음에 신의 가호가 있기를! 얼마든지 내키는 대로 아파도 좋아! 하지만 내일 더 건강해지려면 이만 눈을 붙이고 아침에 이야기하지!"

"그러면 안 떠날 거예요?" 내가 풀이 죽어 물었다.

"여보, 어떻게 떠나? 3주만 더 있으면 되잖아. 3주 뒤에 제니가 집 청소를 하는 동안 우리끼리 짧게 여행이나 다녀오자. 정말이지 여보, 당신 많이 좋아졌어!"

"몸은 좋아졌을지 몰라도…." 나는 말문을 열다가 입을 닫았다. 그이가 똑바로 앉아서는 아주 엄하게 꾸짖는 눈초리로 나를 바라보았기 때문이다. 나는 한 마디도 더 꺼낼 수 없었다.

"여보, 내가 이렇게 부탁할게. 우리 아이와 나, 그리고 당신을 위해서라도 그따위 생각은 추호도 하지 마! 신경 쇠약에는 그런 생각만큼 위험하고 매혹적인 게 또 없지. 다 거짓이고 한심한 망상이야. 의사인 내가 이렇게 말해도 못 믿겠어?"

나는 아무 말도 할 수 없었고 우리는 다시 잠자리에 들었다. 존은 내가 먼저 잠이 들었다고 생각했겠지만 아니었다. 나는 몇 시간 동안 누워서 벽지의 앞쪽 무늬와 뒤쪽 무늬가 함께 움직였는지 따로 움직였는지 고민했다. 벽지 무늬는 낮에 보면 이어지지도 않고 원칙도 없어서 평범한 사람의 신경을 자꾸 긁는다. 색깔만으로도 믿을 수 없을 정도로 끔찍해 짜증이 치미는데 무늬는 고문 수준이다. 무늬를 눈으로 잘 좇아 다 익혔다고 생각하는 순간, 그것은 훌쩍 뒤로 공중제비를 넘고는 지켜보던 사람의 뺨을 때리고 쓰러트려 밟아 뭉갠다. 악몽이 따로 없다.

바깥쪽 무늬는 곰팡이를 떠올리게 하는 화려한 아라베스크 양식이다. 보고 있자면 줄지어 늘어선 독버섯이 떠오른다. 나선형 주름 모양으로 끝없이 싹트고 돋아나는 모습이 영락없는 독버섯이다. 그렇게 보일 때도 있다는 얘기다!

이 벽지에는 나 말고 아무도 눈치채지 못한 특이한 점이 한 가지 있다. 바로 빛이 바뀔 때마다 무늬도 함께 바뀐다는 점이다. 나는 언제나 하루의 시작을 알리는 길고 곧게 뻗은 햇빛을 바라본다. 볕이 동쪽 창문으로 들어오면 무늬는 믿기지 않을 정도로 빠르게 변한다. 그래서 나는 항상 지켜본다.

밤을 밝히는 달빛이 비칠 때면 같은 벽지인지 모를 정도다. 밤이 되면 초승달이든 촛불이든 램프 빛에 비치든, 가장 끔찍한 희미한 달빛에 비치든 벽지는 창살이 된다! 바깥쪽 무늬와 그 무늬 뒤에 있는 여자가 더없이 또렷해진다. 나는 오랫동안 바깥쪽 무늬 뒤에 보이는 흐리멍덩

한 무늬가 무엇인지 알아보지 못했다. 이제는 그것이 여자라고 확신한다. 아침이면 그 여자는 진압된 듯 조용하다. 무늬가 여자를 꼼짝 못 하게 하는 모양이다. 정말 알쏭달쏭해서 나도 몇 시간씩 입을 다물게 된다.

이제 나는 온종일 누워 있다시피 한다. 존은 눕는 것이 내 건강에 좋으니 잘 수 있는 만큼 자라고 한다. 그이 때문에 매 식사 후 한 시간씩 침대에 누워 있는 습관이 들었다. 몹시 나쁜 습관이다. 나는 잠을 자지 않으니까. 그래서 나는 거짓말했다. 깨어 있었다는 것을 존과 제니에게 숨긴 것이다. 절대 말 못 하지!

솔직히 말해서 존이 조금씩 무서워진다. 그이는 가끔 이상해 보인다. 때로는 제니마저 뜻을 알 수 없는 표정을 짓곤 한다. 과학적 가설을 떠올릴 때처럼 그런 생각이 불현듯 든다. 어쩌면 벽지 때문인지도 모른다!

나는 존이 눈치채지 못할 때 몰래 그이를 관찰하거나 순진무구한 핑계를 대며 불쑥 방에 들어가곤 했는데 그이가 벽지를 쳐다보는 모습을 몇 번이나 목격했다! 제니도 예외는 아니다. 한번은 제니가 벽지를 만지는 모습도 봤다.

제니는 내가 방에 있는 줄 몰랐다. 난 제니에게 작게, 아주 작게, 가능한 한 가장 차분한 목소리로 벽지에 왜 손을 대고 있냐고 물었다. 제니는 도둑질하다가 들킨 사람마냥 홱 돌아서더니 무척 화난 얼굴을 하고 왜 깜짝 놀라게 하느냐며 쏘아붙였다! 그러더니 제니는 벽지에 닿는 족족 전부 물이 든다고 말하며, 나와 존의 옷에서 누런 얼룩을 발견했으니 조금 더 조심해 줬으면 좋겠다고 덧붙였다! 그럴싸한 핑계지만 제니는 분명 무늬를 관찰했다. 나 말고는 누구도 벽지에 무엇이 숨어 있는지 모르게 하겠다!

내 생활은 전보다 훨씬 흥미진진해졌다. 이제는 기대하고 고대할 게 생겼기 때문이다. 나는 정말로 예전보다 식욕이 늘고 차분해졌다. 존은 내 상태가 호전되자 흡족해했다! 하루는 그이가 웃음을 터뜨리며 짜증스러운 벽지에도 불구하고 내 얼굴이 피는 것 같다고 말했다. 나는 그이의 말에 웃음으로 얼버무렸다. 바로 벽지 덕분이라고 말할 수는 없으니까. 날 놀려댈 게 뻔한 데다 날 벽지에서 떨어뜨려 놓을지도 모른다. 이제는 벽지의 비밀을 밝혀내기 전까지 떠나고 싶지 않다. 이 저택을 떠나기까지 일주일이 남았으니 충분하겠지.

이렇게 기분이 좋았던 적이 없다! 흥미로운 벽지의 움직임을 바라보느라 밤에는 거의 잠을 자지 못하는 대신 낮에는 푹 잔다. 낮에 벽지를 보면 피곤하고 혼란스럽기만 하다. 벽지에는 언제나 곰팡이가 새로 피어나고 누런색이 새로 뒤덮인다. 아무리 공을 들여도 그 수를 다 헤아릴 수 없다.

저 벽지는 정말 괴이한 누런색이다! 내가 봤던 모든 누런 것들을 떠오르게 한다. 예쁜 노란 빛을 자랑하는 미나리아재비 같은 게 아니라 구질구질하고 역겨운 누런 것들 말이다.

하지만 이 벽지에는 뭔가 특이한 점이 있다. 바로 냄새다! 처음 이 방에 들어서자마자 알아챘지만 그때는 통풍이 잘되고 채광이 좋아 냄새가 심하지 않았다. 지금은 일주일 내내 안개가 끼고 비가 내려서 창문을 열든 닫든 냄새가 풍긴다. 그 냄새는 온 집안을 기어 다닌다. 그 냄새는 주방에 떠다니다가 응접실에 잠입한 뒤 복도에 숨어서 내가 계단을 오르기를 기다린다. 그 냄새는 내 머리카락에 스며든다.

마차를 타러 갈 때도 고개를 갑자기 휙 돌리면 그 냄새가 난다! 얼마나 독특한 악취인지! 나는 몇 시간 동안 그 냄새가 어떤 냄새와 비슷한지 떠올리려고 애썼다. 처음 맡으면 은은해서 그리 나쁘지 않지만 내가 맡아본 냄새 중에서 가장 묘하고 오래가는 악취다.

이런 습한 날에는 냄새가 더욱 고약해진다. 한밤중에 잠이 깨 일어나면 냄새가 내 위를 떠돈다. 처음에는 무척 신경 쓰였다. 냄새를 없애려고 저택에 불을 지를까 진지하게 고민하기도 했다. 하지만 이제 익숙해졌다. 그 냄새를 맡으면 벽지 색깔만 떠오른다. 누런 냄새다.

이 벽의 아래쪽 굽도리 널 근처에는 굉장히 이상한 흔적이 있다. 방을 빙 둘러 줄이 난 흔적이다. 그 줄은 침대를 제외하고 모든 가구 뒤에 있는데 누군가 벅벅 문지른 것처럼 길고 곧게 뻗었다. 어떻게 그런 흔적이 생겼으며 누가 어떤 연유에서 그런 것인지 궁금하다. 무늬를 따라 빙글 빙글 빙글, 돌고 돌고 돌면 어지러워진다!

마침내 나는 발견했다. 밤마다 벽지가 변하는 모습을 끈질기게 지켜보다가 드디어 발견한 것이다. 앞쪽 무늬가 정말 움직인다. 당연하지! 뒤쪽에 있는 여자가 흔든

거니까! 저 뒤에 수많은 여자가 있다는 생각이 들 때도 있고, 한 명만 있는데 하도 빠른 속도로 기어서 돌아다니는 통에 무늬 전체가 흔들린다는 생각이 들 때도 있다. 그 여자는 아주 밝은 부분에 도달하면 꼼짝도 하지 않다가 어두운 부분으로 가면 창살을 움켜쥐고 강하게 흔들어 댄다. 그 여자는 계속 창살 사이를 빠져나오려고 애쓴다. 하지만 아무도 저 무늬를 넘어서 기어올 수 없다. 목이 졸리기 때문이다. 그래서 머리들이 저렇게 많은가 보다. 무늬를 넘으려고 하면 무늬가 목을 졸라 위아래로 몸을 뒤집어 눈을 허옇게 만드는 것이다! 머리들을 가려 놓거나 아예 잘라 냈으면 훨씬 덜 끔찍했을 텐데.

내 생각엔 그 여자가 낮에 나오는 것 같다! 그렇게 생각하는 이유를 살짝 털어놓자면 내가 그 여자를 봤기 때문이다! 나는 창문마다 그 여자를 볼 수 있다! 창문에 보이는 여자와 벽지 안의 여자는 같은 사람이다. 대부분의 여자와 달리 그 여자는 항상 대낮에 기어 다니니까.

그늘진 오솔길을 따라 기어가는 그 여자를 본다. 포도넝쿨로 뒤덮인 정자는 물론 정원 곳곳을 돌아다닌다. 길을 따라 늘어선 나무 아래도 기어 다니다가 마차가 오면

블랙베리 덤불 속으로 숨는다. 그 여자를 비난할 수는 없지. 대낮에 기어 다니는 모습을 들킨다면 분명 창피할 테니까!

낮에 기어 다닐 때면 나는 항상 문을 잠근다. 밤에는 할 수 없다. 존이 단번에 눈치챌 테니까. 요즘에는 존이 굉장히 이상하게 굴어서 괜히 신경을 건드리고 싶지 않다. 그이가 다른 방을 쓰면 좋으련만! 내가 아닌 누군가가 한밤중에 그 여자를 끄집어내게 두고 싶지 않다.

나는 그 여자를 모든 창문에서 한꺼번에 볼 수 있을지 궁금해지곤 한다. 하지만 아무리 빠르게 돌아도 나는 한 번에 한 명씩만 볼 수 있다. 그 여자를 언제나 보고 있어도 그 여자는 내가 도는 속도보다 빠르게 기어 다닐 수 있나 보다! 강한 바람을 탄 구름의 그림자처럼 빠르게 너른 농원을 향해 기어가는 그 여자를 본 적도 있다.

맨 바깥쪽 무늬를 뒤 무늬에서 떨어뜨릴 수만 있다면! 조금씩 시도는 하고 있다. 벽지에서 또 이상한 점을 발견했지만 이번에는 말하지 않겠다! 사람을 너무 믿으면 안 되니까. 벽지를 떼어 낼 수 있는 날이 고작 이틀밖에 남지 않았는데 존이 낌새를 챈 것 같다. 그이 눈빛이 마음에 들지 않는다.

그이가 의사로서 제니에게 내 상태에 대해 질문을 퍼붓는 소리를 들었다. 제니는 훌륭하게 보고했다. 제니는 내가 낮에 많이 잔다고 말했다. 존은 내가 밤에는 잘 안 잔다는 것을 안다. 그렇게 쥐 죽은 듯이 있었는데!

그이는 다정하게 걱정하는 척하며 내게도 온갖 질문을 퍼부었다. 내가 그이 속을 못 들여다볼 줄 알았나 보지! 3개월 동안 이 벽지 아래서 잤으니 그이가 그렇게 행동할 만도 하다. 내게 벽지는 흥미로운 대상일 뿐이지만 존과 제니는 알게 모르게 영향을 받은 게 분명하다.

만세! 오늘이 마지막 날이지만 시간은 충분하다. 존은 하룻밤 시내에서 자고 온다고 했으니 오늘 저녁까지는 오지 않을 것이다. 제니는 나와 같이 자고 싶어 했다. 교활한 것! 나는 제니에게 혼자서 자야 푹 쉴 수 있다고 말했다.

굉장히 영리한 대처였다. 사실 나는 결코 혼자가 아니었는데! 달이 뜨자마자 그 가엾은 것은 기어 다니며 무늬를 흔들기 시작했고, 나는 침대에서 일어나 그 여자를 도와주러 달려갔다. 내가 당기면 그 여자는 흔들었고 내가 흔들면 그 여자는 당겼다. 아침이 오기 전에 우리는 벽지를 몇 미터 뜯어냈다. 내 키 정도 높이로 방의 절반 정도 벽지를 뜯어냈다. 해가 뜨기 시작하자 끔찍한 무늬는 나를 보고 웃기 시작했다. 나는 오늘 끝장을 보기로 했다!

우리가 내일 이 저택을 떠나니 하인들이 내가 쓰던 가구들을 원래 자리로 전부 내리는 중이다. 제니는 놀란 표정으로 벽을 바라보았지만 나는 지독한 벽지에 복수하기 위해 그랬다고 명랑하게 말했다. 제니는 웃음을 터뜨리며 자기를 시켜도 괜찮으니 힘을 빼지 말라고 당부했다. 제니가 본심을 드러낸 순간이었다!

하지만 나는 여기 있고 내가 아닌 그 누구도 이 벽지를 만지지 못한다. 살아 있다면 그 누구도! 제니는 나를 방 밖으로 내보내려고 했다. 너무 속 보이는걸! 나는 제니에게 방이 아주 조용하고 텅 비었으며 깨끗해졌으니 누워서 한바탕 잠이나 자야겠다고 말했다. 깨면 부를 테니 저녁때가 돼도 깨우지 말라고 당부했다. 그래서 제니는 떠났고 하인들도 갔으며, 가구들도 전부 없어지고 방에는 못으로 바닥에 고정된 커다란 침대와 그 위의 매트리

스만 남았다.

우리는 오늘 밤 아래층에서 자고 내일 집으로 돌아가는 배를 타기로 했다. 이 방이 다시 텅 비어서 굉장히 즐겁다. 그 아이들이 이곳을 얼마나 뜯어 놨는지! 이 침대에는 이빨 자국이 엄청나구나!

하지만 나는 작업에 착수해야 한다. 나는 방문을 잠그고 열쇠를 현관 통로 쪽으로 던졌다. 존이 올 때까지 방 밖으로 나가고 싶지도 않고 다른 사람이 방에 들어오는 것도 싫다. 나는 그이를 깜짝 놀라게 하고 싶다.

난 제니 몰래 밧줄을 가져왔다. 저 여자가 밖으로 나와서 도망치려고 하면 그 여자를 묶어 둘 요량이다! 하지만 딛고 설 것이 없어서 팔을 멀리까지 뻗을 수 없다는 걸 깜빡하고 말았다! 이 침대는 꼼짝도 하지 않을 테지!

나는 지루해질 때까지 침대를 들어 올리기도 하고 밀기도 하다가, 화가 치밀어올라 침대 한쪽 모퉁이를 물어 뜯었지만 내 치아만 아플 뿐이었다. 나는 바닥에 서서 내 팔에 닿는 한 벽지란 벽지를 모조리 뜯어냈다. 벽지는 역겹게 끈적거리고 무늬는 마냥 즐거워한다! 목 졸린 머리와 둥글납작한 눈, 뒤뚱거리며 자라는 곰팡이들은 소리를 높여 날 조롱할 뿐이다!

나는 무모한 짓도 망설이지 않고 할 만큼 화가 난다. 창문 밖으로 뛰어내리는 것도 멋진 운동이 되겠지만 창살이 너무 튼튼해 뛰어내릴 수 없다. 그럴 생각도 없다. 당연히 없지. 그런 행동은 적절치 못하고 내 의도가 왜곡될 수도 있다.

창밖은 보고 싶지도 않다. 밖에는 수많은 여자가 빠르게 기어 다닌다. 저 여자들 모두 나처럼 벽지에서 빠져나왔는지 궁금하다. 나는 숨겨 두었던 밧줄에 튼튼하게 묶여 있으니 나를 저 길 밖으로 내쫓지 못해! 밤이 되면 다시 저 무늬 뒤로 돌아가야만 하는데 쉽지 않을걸!

이렇게나 넓은 방으로 나와서 마음대로 기어 다니니 정말 즐거워! 나는 밖으로 나가고 싶지 않아. 설령 제니가 부탁한대도 나가지 않을 거야. 밖으로 나가면 땅을 기어야 하는데 누런색이 아니라 녹색이니 싫어. 방바닥은 기어 다니기에도 좋고 내 어깨와 벽을 둘러 난 얼룩이 꼭 맞아떨어지니 길을 잃을 염려도 없지.

이런, 존이 문 앞에 왔네!

소용없어, 이 남자야! 그런다고 문을 못 열어!

어찌나 이름을 불러 대며 문을 두드리는지!

이제는 도끼를 가져오라고 외치고 있어.

저렇게 아름다운 문을 부수는 불상사가 생기면 안 되지!

나는 최대한 상냥한 목소리로 말했다. "존! 열쇠는 현관 층계 옆에 있어요, 질경이 잎사귀 아래요!"

그러자 존이 한동안 조용해졌다. 존은 아주 조용한 목소리로 말했다. "문 열어, 여보!"

"못 열어요. 열쇠는 현관문 옆 질경이 잎사귀 아래에 있어요!" 내가 말했다.

나는 다정하고 느릿느릿하게 몇 번이고 되풀이해서 말하며 직접 가서 보라고 채근했고, 존은 열쇠를 찾은 뒤 방으로 들어왔다. 존이 문가에 멈춰 섰다.

존이 외쳤다. "왜 이러는 거야? 도대체 당신 뭐 하고 있는 거야!"

나는 하던 대로 계속 기어 다니면서 어깨너머로 존을 바라보았다.

"당신과 제니가 막았지만 내가 마침내 나왔어. 벽지를 거의 다 뜯어냈으니 나를 도로 집어넣지는 못할걸!"

기절할 건 또 뭐람. 여하튼 남자는 기절했고 하필 벽을 따라가는 내 길목을 막으며 쓰러지는 바람에 나는 매번 그의 몸을 기어서 넘어가야만 했다!

내가 <누런 벽지>를 쓴 이유

여러 독자가 그 이유를 물었다. 1981년쯤 '뉴 잉글랜드 매거진'에 <누런 벽지>가 처음 실렸을 때, 보스턴 의사는 '더 트랜스크립트'에서 이런 이야기는 쓰여서는 안 된다고 항의했다. 읽는 사람은 누구든지 미치게 하는 이야기라며.

또 다른 (아마도 캔자스) 의사는 자기가 본 글 중에 정신 이상의 초기를 최고로 잘 묘사했다면서, 실례지만 실제로 내가 겪은 일이냐는 질문을 던졌다.

자, 그 이야기의 비화는 이렇다.

여러 해 동안 나는 우울증과 그 이상의 증세로 발전하는 중증 신경쇠약을 꾸준히 앓았다. 이러한 증상을 겪은 지 3년쯤 되자, 간절한 믿음과 약간의 희미한 희망을 품고 전국 최고라는 저명한 신경 질환 전문가를 찾아갔다. 그 현명한 남자 의사는 나를 침대에 눕히고 휴식 요법을 처방해주었다. 아직 신체 상태가 좋아 즉각 반응이 나타나자 문제가 그다지 없다고 결론을 내리더니 나를 집으로 돌려보내며 근엄하게 조언했다. '최대한 가정적인 삶을 살라', '지적인 삶은 2시간만 가져라', '펜이나 붓, 연필에는 평생 절대 손도 대지 마라'고. 그때가 1887년이었다.

나는 집으로 돌아가 3개월 정도 의사의 지시를 따랐고, 내가 볼 수 있을 정도로 정신이 완전히 폐허가 되기 일보 직전에 이르렀다.

그러다가 아직 존재하는 지성의 나머지를 이용하고 현명한 친구의 도움을 받아, 저명한 전문가의 조언은 바람에 날려버리고 다시 일을 시작했다. 일은 모든 인간의 평범한 삶이자 기쁨이고, 성장이고 봉사이며 일이 없는 인간은 빈곤자이자 기생충이니. 그리고 마침내 나는 어느 정도 힘을 되찾았다.

내가 <누런 벽지>를 쓴 이유

이 아슬아슬한 탈출에 당연히 기뻐하며, 뜻을 담고자 이야기를 윤색하고 살을 붙여(나는 실제로 환각을 보거나 벽지에 반감을 품은 적이 전혀 없다) <누런 벽지>를 썼고, 나를 미치기 일보 직전까지 몰고 갔던 의사에게 한 부를 보냈다. 그 의사는 전혀 알은척하지 않았다.

<누런 벽지>는 정신과 의사에게, 그리고 문학의 한 종류로서 좋은 표본으로 높은 평가를 받고 있다. 내가 알기로는 이 이야기가 비슷한 처지에 놓인 한 여자분을 구했다고 들었다. 가족은 너무 무서워서 그분이 평범한 활동을 하도록 내보냈고, 그분은 회복했다고 한다.

하지만 최고의 결실은 이것이다. 여러 해가 지나고 나는 훌륭한 전문가가 <누런 벽지>를 읽고 신경쇠약 치료법을 바꿨다며 자신의 친구들에게 그동안의 잘못된 처방을 인정했다는 이야기를 들었다.

<누런 벽지>는 사람을 미치게 하려는 의도로 쓴 글이 아니라 미치게 되는 사람을 구하고자 쓴 이야기였고, 내 의도는 통했다.

샬롯 퍼킨스 길먼의 삶

샬롯 퍼킨스 길먼(이하 길먼)은 19세기 후반부터 20세기 초반까지 여성의 경제적 독립을 주장했던 페미니스트이자 사회 개혁가이다. 1860년 7월 3일, 코네티컷 하트퍼드에서 태어난 길먼은 친척 집을 전전하는 불안정한 어린 시절을 보냈다. 가족을 오래 떠나고는 했던 길먼의 아버지 프레데릭 비처 퍼킨스가 끝내 길먼의 어머니와 이혼하고 가족을 떠났기 때문이었다. 길먼이 같이 살았던 친척들은 노예 해방 운동에 불을 지핀 작품인 〈톰 아저씨의 오두막〉을 쓴 헤리엇 비처 스토와 교육 개혁가 캐

서린 비처, 여성 참정권 운동가 이저벨라 비처 후커이다.

길먼은 열다섯 살 때까지 일곱 번 학교를 옮겼지만 정규 교육은 4년밖에 받지 못해서 주로 독학으로 공부했고, 대학을 다닐 때는 생계를 유지하기 위해 명함 화가, 가정 교사 등 다양한 일을 하며 살았다.

1884년, 길먼은 예술가 찰스 월터 스테트슨을 만나 결혼했고, 다음 해 딸을 낳고 몇 년간 심각한 산후 우울증에 시달리다가 '휴식 요법'을 처방받아 지적 활동을 제한당했다. 이후 이때의 경험을 바탕으로 월간 문학 잡지인 〈뉴 잉글랜드 매거진〉 1월 호에 단편 소설 〈누런 벽지 (The Yellow Wallpaper, 1892)〉를 실었다.

1888년, 길먼은 19세기에는 이례적으로 남편과 별거를 했다. 이후 1894년에 남편과 공식적으로 이혼한 길먼은 딸과 함께 캘리포니아 패서디나로 가서 왕성한 저술 활동을 시작했고, 사회 개혁 운동에 적극적으로 참여했다. 1896년에는 워싱턴 DC에서 열린 미국 여성 참정권 협회의 대회와 영국 런던에서 열린 국제 사회주의 노동자 회의 모두 캘리포니아 대표로 참가하기도 했다.

길먼은 이후 몇십 년간 작가이자 강연자, 사회 운동가

로 왕성히 활동한다. 대표적인 저서로는 단편 소설 〈누런 벽지〉, 여성은 경제적 자유를 확보해야 진정한 자유를 얻을 수 있다고 주장한 논문 〈여성과 경제(Women and Economics, 1898)〉 등이 있다. 1909년에는 월간 잡지 〈선구자(The Forerunner, 1909~1916)〉를 창간하여 사설, 비평, 서평, 시, 단편 소설, 장편 소설 등 다양한 글을 썼는데, 대표적인 작품으로는 페미니즘 유토피아를 다룬 장편 소설 〈허랜드(Herland, 1915)〉가 있다.

1932년 1월, 길먼은 말기 유방암 진단을 받는다. 불치의 환자에 대한 안락사 옹호자였던 그는 그로부터 3년 후 1935년 8월 17일, 스스로 목숨을 끊어 75세에 생을 마감했다.

길먼의 문학적 명성은 사망 전에는 높지 않았으나, 1960년대 여성 운동이 등장하며 다시 주목을 받았다. 1993년, 시에나 연구 기관에서 실시한 여론 조사에서 20세기 가장 영향력 있는 여성 6위에 선정됐고, 1994년에는 미국 여성 명예의 전당에 올랐다.

엮고 옮긴이의 말

《내가 마녀였을 때》는 더라인북스에서 출간하는 샬롯 퍼킨스 길먼(이하 길먼)의 단편집입니다. 19세기 작가 길먼은 왕성한 저작 활동에 비하여 우리에게 잘 알려지지 않은 작가입니다. 이 책을 통해 100여 년의 시공간을 뛰어넘어 현대인이 공감할 수 있는 단편 소설들을 소개하고자 했습니다.

이 단편집의 표제작인 〈내가 마녀였을 때〉는 말하는 대로 소원이 이루어지는 능력을 얻게 된 여자의 이야기입니다. 주인공이 비는 소원들은 여성의 사회적 위치와

억압된 정체성을 시사합니다.

〈몰리의 의식〉은 이보다 더 여성스러울 수 없는 주인공이 하루아침에 남자가 되는 이야기입니다. 여성의 경제적, 사회적 자립이 주는 힘을 강조합니다.

〈엄마의 자격〉은 마을에 위기 상황이 닥치자 자신의 아이를 구하는 대신, 여러 사람의 목숨을 구하는 것을 선택한 엄마에 관한 이야기입니다. 모성애란 무엇인지 화두를 던집니다.

〈모두가 행복해지는 방법〉은 시어머니를 모시고 사는 주인공 부부에 관한 이야기입니다. 고된 육아로 주인공은 피폐해지지만, 시어머니는 며느리가 못마땅하기만 합니다. 독박 육아와 여성의 연대를 다룬 작품입니다.

〈정숙한 여인〉은 사기꾼 불륜남 애인이 달아나는 바람에 홀로 아이를 키우며 여관을 운영하는 주인공 앞에 그 남자가 다시 나타나며 일어나는 이야기입니다. 남자에게 휘둘리지 않는 주체적인 여성의 모습이 두드러집니다.

〈전화위복〉은 뒤바뀐 편지로 시작되는 이야기입니다. 예상하지 못한 여러 비밀이 드러나고, 주인공은 혼란스러워하다가 뜻밖의 결정을 내립니다. 위력에 의한 성폭

행과 여성의 연대를 다룹니다.

〈과부의 힘〉은 아버지의 장례식에 모인 세 남매가 어머니를 누가 모실 것인지와 재산 분배를 두고 옥신각신하며 시작되는 이야기입니다. 여성의 자유는 경제적 자유에서 비롯된다는 것을 강조합니다.

〈누런 벽지〉는 아기를 낳고 신경 쇠약에 걸린 주인공이 휴식 요법이란 이유로 방에 감금되어 생활하다가 벽지에서 귀신을 보는 호러 소설입니다. 신랄한 묘사를 통해 여성이 광기로 가스라이팅과 가부장제를 전복하는 모습을 보여줍니다.

현대의 작품이 동시대의 공감을 불러일으킨다면, 과거의 작품은 시대를 아우르는 공감을 불러일으킵니다. 길먼의 글은 두 종류의 공감을 모두 선사합니다. 어떤 소재들은 지금보다도 시대를 앞서간 느낌을 줍니다.

이 단편집을 관통하는 주제는 여성의 경제적 독립과 연대입니다. 지금은 1인 및 비혼 가구의 인구가 늘어남에 따라 여성 연대의 중요성이 대두되는 시대입니다. 시어머니와 며느리, 주인과 하인 등 다양한 계층의 여성이, 서로가 가진 감정이나 역사와 상관없이 주인공이든 조

◆

연이든 여성의 편에 서주는 모습을 곳곳에서 찾아볼 수 있습니다. 저 역시 이 책을 세상에 내기까지 많은 여성의 도움을 받았으니, 글 안팎으로 여성의 연대가 있다고 하겠습니다.

언제나 힘이 되어주는 부모님과 격려와 조언을 아끼지 않은 장채원, 서미연 님, 보다 완성도 있는 책이 되도록 편집해 주신 김민희 편집자, 하나의 아이디어가 책으로 탄생할 수 있도록 이끌어주고 북돋아주신 더라인북스 함혜숙 대표님, 이 책이 나오는 데 도움을 주신 모든 분께 감사드립니다.

내가 마녀였을 때

1쇄 발행	2021년 4월 28일
지은이	샬롯 퍼킨스 길먼
옮긴이	장지원
편집	김민희
디자인	오컵의 면도날
제작	제이오
펴낸이	서준식
펴낸곳	더라인북스
등록	제2016-000125
주소	서울시 마포구 월드컵로 167 3층 (윤성빌딩)
전화	02-332-1671
팩스	02-325-1671
이메일	thelinebooks@naver.com
블로그	blog.naver.com/thelinebooks
페이스북	www.facebook.com/thelinebooks
인스타그램	www.instagram.com/thelinebooks

ISBN 979-11-8840-325-7 03800